황사를 벗어나서

Out of the Dust

by Karen Hesse

대산세계문학총서

173

황사를 벗어나서

Out of the Dust

캐런 헤스   서영승 옮김   문학과지성사

대산세계문학총서 173

황사를 벗어나서

지은이   캐런 헤스
옮긴이   서영승
펴낸이   이광호
주간   이근혜
편집   박솔뫼 김은주
펴낸곳   ㈜**문학과지성사**
등록번호 제1993-000098호
주소   04034 서울 마포구 잔다리로7길 18(서교동 377-20)
전화   02) 338-7224
팩스   02) 323-4180(편집) 02) 338-7221(영업)
전자우편 moonji@moonji.com
홈페이지 www.moonji.com

제1판 제1쇄 2022년 5월 20일

ISBN 978-89-320-4015-8 04840
ISBN 978-89-320-1246-9(세트)

이 책은 대산문화재단의 외국문학 번역지원사업을 통해 발간되었습니다.
대산문화재단은 大山 愼鏞虎 선생의 뜻에 따라 교보생명의 출연으로 창립되어
우리 문학의 창달과 세계화를 위해 다양한 공익문화사업을 펼치고 있습니다.

차례

일러두기

1. 이 책은 Karen Hesse의 *Out of the Dust*(New York: SCHOLASTIC INC., 1999)를 우리말로 옮긴 것이다.

2. 본문의 주는 모두 옮긴이의 것이다.

1934년 겨울

시작—1920년 8월

여름 밀이 영글어감에 따라
나도 영글어서,
집에서, 부엌 바닥에서 태어났다.
엄마는 웅크린 채
맨발에, 맨엉덩이에
비질한 널판 위였는데,
거기가 최선의 장소라고 아빠가 말했기 때문이다.

나는 의사가 도착하기도 전에 나와서,
아빠가 내 입안에다
손을 집어넣고 휘젓는 순간에 울음을 터뜨렸다.
엄마 말로는,
그날 온몸이 빨개지도록 내가 울어젖혔단다.
그날 이후로 나는 계속 빨강인 채야.

아빠는 내 이름을 빌리 조라고 지었어.
아들을 원했으니까.
그 대신, 아빠는
다리가 길고

입은 크고
뺨은 자전거 손잡이처럼 옆으로 벌어진 딸을 얻었지.
빨강 머리, 주근깨 얼굴에 엉덩이는 좁은,
사과를 좋아하고
피아노를 두들기고 싶어 안달하는 딸이었어.

내 기억이 미치는 한에는
나는 가만있지 못하고
소위 집이라고 부르는 이 작은 팬핸들* 오두막집 안에서,
나의 뾰족한 팔꿈치와 나부대는 다리로
항상 엄마에게 걸리적거렸어.
내가 아홉 살 되던 해 여름께에 아빠는
아들 낳기를 포기했어.
나를 아들로 만들기로 작정한 거였어.
난 아빠를 꼭 닮은 데다
아빠가 어디에 내놔도,
트랙터 운전조차도
썩 내키는 건 아니었지만 해냈으니까.

---

* Panhandle: 텍사스가 1845년 미연방에 가입할 당시 연방정부에 헌납한 땅으로 오클라호마주 북서쪽 끄트머리에 툭 튀어나온 지역이 마치 '냄비 손잡이'처럼 생겼다고 해서 붙은 이름. 시머론, 텍사스, 비버 등 세 군county으로 구성된다. 1932년에 시작된 가뭄으로 가장 큰 피해를 입은 지역이었다. 「옮긴이 해설」 참조.

엄마는 아기를 더 가지려고 애썼어.

제대로 되지 못했던 거지, 나 말고는.

근데 오늘 아침에

엄마가 다시 아기를 가졌다고 알려주었어.

우리 세 식구 말고는

이렇다 할 가족이 없어.

아빠는, 할아버지께서

피부가 모두 망가지는

암으로 돌아가신 이래로

켈비 가문의 독자이시고,

엘리스 고모는

아빠보다 열네 살이나 위인데

여기서 한참 아래 남쪽이고

완전 다른 세상인

러벅에 산다고

아빠가 말씀하셨어.

그리고 엄마는 플로이드 큰외할아버지가 유일한 혈육인데,

옛날 원주민 해골처럼 늙은 데다

야비하기가 방울뱀 같고,

남부 댈러스의 어느 쪽방에서 쇠락하는 중이라고 한다.

난 곧 열네 살이 될 텐데

이 아이가 태어날 때쯤이면

아빠가 태어날 때의 엘리스 고모처럼 되는 거다.

이번에는 아빠가 원하는 아들을 얻게 될까?

1934년 1월

토끼 대결

노블 씨와
롬니 씨는 내기를 걸었다,
누가 가장 많은 토끼를 죽이느냐를 두고.
모든 일은 지난 월요일에 스터지스까지의 토끼몰이에서
시작되었는데,
노블 씨가 흥분하게 된 것은
토끼 떼가 자신의 농작물을 엉망으로 만들었기 때문이었다.
롬니 씨가 단언하길 토끼로 본 피해로 말할 것 같으면
시머론군에서 자기만큼 심한 경우는 없다는 거였다.
그분들은 토끼 종족에게 복수를 다짐했는데,
누가 토끼를 더 많이 죽이느냐에 판돈을 걸었다.

그분들은 그따위 소리들을 하지 말았어야 했다.
토끼를 얼마나 많이 죽일 수 있냐에 내기를 걸다니.
정말이지!
어른들이 몽둥이로 토끼를 때려잡다니.
속이 뒤집힌다.
토끼 떼가 작물을 함부로,
더욱이 연중 이맘때 녀석들이 아무리 깡충거리며

리버럴까지의 절반을 가더라도
먹을 걸 찾을 수가 없으니까 먹었다는 건 알지만,
프릴랜드 선생님 말대로
우리가 계속해서
토끼가 먹어야 할 것을 밑에서부터 갈아엎어버리면
토끼들더러 어떡하라는 거냐고?

노블 씨와
롬니 씨는 월요일에 스터지스에서 돌아왔다,
각자 스무 마리씩의 토끼를 갖고. 비긴 거다.
그냥 그 정도에서 끝냈어야 했다. 그런데
롬니 씨는 만족하지 못했다.
해서 말하길,
"노블이 속였어.
다른 사람이 죽인 토끼를 갖고 왔거든."
그렇게 그 다툼은 계속되었다.

그분들,
가장 친한 친구 사이였다.
근데 지금은 서로가 앙숙이다.
길거리를 지나치면서 서로 눈살을 찌푸린다.
나도 찌푸리는데,
찌푸린다고 죽은 토끼를 되살릴 순 없다.
녀석들은 지금 모두 가죽이 벗긴 채 요리되어

누군가의 배 속에 있다.
그나마 녀석들이 모두
롬니 씨와 노블 씨의 냄비 속에서 끝난 건 아니었다.
고기가 필요한
가족들에게로 갔으니까.

1934년 1월

리비를 잃음

리비 킬리언네가 이사를 갔다.
그 친구를 보내고 싶지 않았다.
우린 1학년 때부터 친구였다.

송별회가
목요일 저녁에
올드록 학교에서 있었다.

리비는
우리들 각자를 놀려먹을 거리가 있었는데,
레이의 경우는
읽기 시간 내내 졸았다고,
힐러리의 경우는
속기 시험에서
"딱 열ten" 명의 아이들을
"딱 톤ton"이라고 써버렸다고 말이야.

리비는 우리들 각자에게 작별인사를 했다,
일일이.

내게는 그림을 한 장 줬는데, 그림 속의 나는
밀짚모자를 쓰고
피아노 앞에 앉아,
사과를 반쯤 물고 있었다.

나는 리비에게 추억 노트를 건네주었는데, 우리 모두가
각자의 속마음을 적은 거였다.
나는 하도 목이 멘 탓에
그 친구가 얼마나 보고 싶을지 모른다는 말을 하지 못했다.

리비가
자기 송별회의 뒤처리를 거들면서
엎질러진 레모네이드를 닦고,
샌드위치 쪼가리를 줍고,
마룻바닥에서 쿠키 부스러기를 쓸어내는 사이,
우리는 모두 학기말 시험 공부를 한다면서
집으로 가버렸다.

이제 리비는 서부로 떠나,
황사를 벗어나서
캘리포니아로 가는 중이다.
그곳은 바람도 가끔씩 쉬어 가는 곳이라지.
난 지금 내가 어떻게 돼먹은 친구인가를 생각한다,
다른 세상으로 가는 그 길 위에 내 발이 놓여 있기를 바라다니,

리비의 발 대신에.

1934년 1월

나와 매드 도그

알리 원더데일,
우리 학교에서 일주일에 한 번씩 음악을 가르치는 선생님,
비록 엄마 말씀은 선생님이라기보다는
그냥 지역의 음악 사업가일 뿐이라지만,
알리 원더데일 선생님이 내게
수요일 밤에 팰리스 극장에서
피아노 독주를 해보면 어떻겠느냐고 물었다.

나는 씽긋 웃으며,
그런 요청을 받는 게 너무 기뻐서 이렇게 말했다.
"좋아요."

엄마가 허락해줄지 알 수 없었다.
엄마는 내 학교 수업 문제에 관한 한 완고하거든.
엄마가 말하길,
"평일 저녁에는 집에 있는 거야, 빌리 조."
근데 사실 난 지금 거의 그렇게 하고 있는데.

사실은 알리 원더데일 선생님이 말씀하시길,

"극장 운영자들이
재능 있는 아이를 데려오라고 했어, 빌리 조.
그래서 네가 생각났지."

매드 도그 크래덕보다도 내가 먼저 떠올랐다고? 안 믿긴다.

"너랑 매드 도그를 말이지." 알리 원더데일 선생님이 말했다.

아 그 푸른 눈에
잘생긴 얼굴 그리고 그
부드러운 목소리의 남자애,
보통 시골 소년보다
두 배는 멋지다.
분명 알리 원더데일 선생님 마음속에
매드 도그가 먼저 떠올랐을 테지만,
그래도 아주 서운한 건 아니었다.
예라고 대답 못 할 만큼 서운한 건 아니었으니까.

1934년 1월

연주 허락

그럴 때,
엄마가 부엌에서 바쁘실 때,
혹은 청소를 하거나
혹은 빨래를 할 때,
난 슬그머니 엄마에게 뭔가를 부탁할 수 있다.
귀찮아진 엄마가 허락해버리도록,
안 돼까지 가지 않도록 조심하면서.

그게 내가 원하는 것을 얻고자 할 때 발견한 방법인데,
엄마가 방심할 때를 노리는 거지,
특히 피아노 연주 허락을 받고 싶을 때.
바로 물어보는 건 좋은 방법이 아니다.
엄마는 언제나 나의 피아노 연주를 못마땅해 한다,
내게 피아노를 가르친 장본인임에도.

어쨌거나 이번에 내가 포착한 기회는
엄마가 비스킷 반죽을 천천히 젓고 있을 때였는데,
엄마 마음이 딴 데 쏠려 있었거든.
어쩌면 아기가 배 속에서 자라고 있었기 때문이었을지도 모

르겠다.

어찌 됐건,
엄마는 정신이 산만해져 있었고
나는 단호했으니까,
이번에는 내가 원했던 바를 바로 얻었다.
팰리스 극장에서의 연주 허락.

1934년 1월

무대에서

내가 건반을 두드릴 때,
　　　　　음악이
내 속에서 바로 튀어나온다.
　　　　　오른손이
음계를 정확하게 짚어가는 모양은 마치
　　　　　혀 같고,
그렇게 스토리를 이끌어가는 동안
　　　　　매끄럽고
부드러운 리듬으로 뒤를 받쳐주는
　　　　　왼편 건반들.

사람들은 극장 복도에서
　　　　　흔들어젖히고
생글거리며 발을 구르느라
　　　　　숨이 차고,
나머지 사람들은 눈을 반짝이며
　　　　　손가락을 튕겨대고,
발장단을 쳐댄다. 그건 내가 느껴본 중에서
　　　　　정말 최고다.

피아노를 달구는 연주에,

　　　　압도되는

매드 도그의 노래에다,

　　　　블랙 메사 보이스의 흔들거림에,

아니면 나 스스로

　　　　신명에 취해서

건반을 마구 휘젓는 것.

　　　　그건

천국.

　　　　아무렴

천국이

　　　　피아노 연주에

견줄까.

　　　　　　　　　　　　1934년 1월

루스벨트 대통령의 생일

수요일 밤에
내가 연주를 너무 잘한 나머지,
알리 선생님이 내 어깨를 감싸면서
대통령 생일 축하연에 와서
연주를 해달라고 부탁했다.
엄마가 이 연주는 안 된다고 말할 순 없다.
이건 루스벨트 대통령을 위한 거니까.
루스벨트 대통령이 실제로 참석하지는 않지만,
그 축하연에서 모금된 돈은
전국적인 모금에 합쳐져서,
대통령의 이름으로,
대통령께서 한때 몸이 아프셨을 때 머물렀던
웜 스프링스 자선재단에
기부될 참이다.

언젠가,
나는 프랭클린 델러노 루스벨트 대통령 그분을 위해 연주할
참이다.
어쩌면 나는 수도 워싱턴의 백악관까지 가게 될지도 모른다.

아무튼,
정말 대단한 일은
알리 선생님이 내게 두 번씩이나
조이스시市를 위해 연주를 요청한 거다.

1934년 1월

지나친 요구는 아니지만

1931년도의 풍작 이후로는
지난 3년 동안 이렇다 할 수확이 없었다.
우린 요즘 모두 몰골이 앙상한 상태이다,
근래에 배가 불러온 엄마조차.
그러나 여전히,
모금원들이 와서 기부를 요청했을 때
엄마는 기증을 했다,
사과 소스 세 병
그리고
절인 돼지고기 약간,
그리고
태어날 아기를 위해 엄마가 만들어둔 곡식 자루*로 된 잠옷을.

1934년 2월

---

* 이 당시 다양한 꽃무늬 천으로 만든 곡식 자루가 옷감으로 많이 사용되었다.

하들리 씨의 돈 다루기

아빠 생일이어서
엄마는 케이크를 구워드리기로 작정하셨다.
도무지
변변한 선물을 살 만한 돈은 없었다.
엄마는 내게 케이크 부재료를 사 오라고 하시며
몰래 모아두었던 50센트를 주었다.
"조이스 시내로 갈 것 없어, 빌리"라면서.
"요 아래 하들리 씨네 가게에서도 살 수 있으니까."

나는 동전들을 스웨터 주머니,
구멍이 안 난 쪽 주머니에 집어넣으면서,
50센트로 살 수 있는
피아노 악보가 몇 장인지 생각했다.

하들리 씨가 노려본 것은
원더 브레드의 출입문이
내 뒤에서 소리를 내며 닫힌 순간.
그의 곁눈질을 받으면서 나는 마루를 삐걱이며 다가갔다.
하들리 씨의 못된 습관은

신선하지 않은 식품을 비싸게 팔고,
들키지 않을 거라 생각될 때면
거스름돈도 속이는 것.
나도 째려주면서 엄마의 주문 쪽지를 건네주었다.

하들리 씨는
가게 다락이 쌓인 황사와
물건들의 무게로 내려앉고 나서
비루해졌다.
수리할 일꾼들을 고용했는데,
그분들과 오만 가지
시시콜콜한 건으로 다퉜다.
가게 전체를
치우고 재정리하느라
여러 날 동안 문을 닫았는데,
어떤 상품은 너무 상해서
폐기해야 했다.

난로가 가게 구석에서 타닥거리는 가운데
하들리 씨가 엄마의 주문을 챙겨 담았다.
사과랑, 갈아놓은 커피랑,
박하 냄새가 났다.
나는 곡물이 담긴 자루들의 무늬를 훑어보다가,
먼지에 재채기를 하고

코를 풀었다.

하들리 씨가 물건을 다 담자,
나는 값을 치르고
거스름돈이랑 주문서를 호주머니에 넣고는,
아빠가 돌아오시기 전에 엄마가 케이크를 구울 수 있도록
서둘러 집으로 향했다.

그런데 엄마가 자루를 비운 후에
기름천 위에다 품목별로 올려놓으면서
거스름돈을 헤아릴 때,
내가 가슴이 철렁하면서 기억난 것은
하들리 씨의 돈 계산을
눈여겨보지 않았다는 건데,
하들리 씨는 또 속였다.
이번에는 자기 자신을 속여먹는 바람에, 우리에게
4센트를 더 거슬러준 거였다.

그래서 엄마가 케이크 반죽을 만드는 동안
내가 하들리 씨 가게로 되돌아가야 했다.
황사를 뚫고서
원더 브레드 출입문을 거치는 사이,
줄곧 생각한 것은 조이스 시내 가게의 낡은 상자에 담긴
중고 피아노 악보,

장당 2센트에 살 수 있는 악보였다.
나는 하들리 씨가 더 준 거스름돈을 카운터 위에 올려놓고는
돌아서서 집으로 향했다.

하들리 씨가 목청을 가다듬길래
일순간 나는 기대하기를,
어쩌면 나를 불러 세워 박하사탕 한 개를 주려나
아니면 궤짝에서 사과 한 알을 꺼내주려나 했지만,
그러지 않았다,
뭐 괜찮다.
엄마가 역정을 부렸을 테니까,
내가 그분에게서 무슨 선물을 받았다고 하면.

1934년 2월

집에서 50마일 남쪽

애머릴로에서는
바람이
통유리창을 날려버리고,
전광판들을 부숴버리고,
밀을 통째로
밭에서 뽑아버렸다.

1934년 2월

식사 규칙

엄마는 식탁 차리기에 규칙이 있다.
나는 접시들을 뒤집어놓고,
유리컵들은 엎어놓고,
냅킨들은 포크, 나이프, 스푼 위에 접어서 놓는다.

저녁 식사가 준비되면
우린 함께 둘러앉고,
엄마가 하는 말,
"자."

우린 냅킨을 흔들어
무릎 위에 펼치고,
접시랑 컵을 도로 뒤집어놓으면
선명한 동그라미 자국이 드러나고,
각자 한마디씩 한다,
황사 없는 삶은 어떤 모습일까.

아빠가 말하길,
"오늘 저녁엔 감자에 후추를 너무 많이 넣었군, 폴리"

하고는
"저녁 식사에 초콜릿 우유라니, 우린 정말 운이 좋아!"
후추니 초콜릿이니 하는 건 다 싫은,
황사일 뿐이다.

리비 킬리언이 소식을 보냈다.
킬리언 가족이 일자리를 구할 수 없어서
먹을 것도 구할 수 없다고 한다.
리비의 오빠 루번은 지난여름에 열다섯 살이 되었는데,
혼자 어떻게 해보겠다는 생각으로 집을 나갔단다.
그가 무사했으면 좋겠다.

배 속에서 아기가 자라고 있는 엄마,
나는 생각하는 게 두렵다,
만약 살 곳이 없다면
우리는 어디에 있게 될까?
만약 할 일이 없다면?
만약 먹을 것도 없다면?
적어도 우린 우유는 있지. 비록 씹어서 먹어야 하긴 하지만.

1934년 2월

가뭄의 휴식

70일 동안의
바람과 햇볕,
바람과 구름,
바람과 모래 끝에,
70일 동안의
바람과 황사 끝에,
쬐끔
비가
왔다.

                                        1934년 2월

매혹되어

부엌에서 그녀는 나의 엄마,
외양간과 밭에서 그녀는 아빠의 아내,
한데 거실에서의 엄마는 한참 다른 사람.
볼품없이
길쭉하면서 말랐고,
치아는 부실하고,
검은 머리는 언제나 지저분했지만,
내가 네 살이 되었을 때부터
엄마가 나를 홀렸던 기억이 나는데,
바로 피아노를 연주할 때였다.

아빠가 산 크라머사의 오래된 제품으로,
엄마에게 주는 결혼 선물이었다.
엄마가 이 집에 와서 본 건 갈라진 벽,
녹슨 침대, 수도가 없는 부엌,
그리고 구석에서 반짝이고 있는
저 피아노였단다.

아빠는 엄마가 연주하는 동안 그 뒤에 서서 눈이 부드러워진다.

　나도 그런 식으로 나를 봐줄 누군가가 있었으면 좋겠다.

　내 다섯 살 생일에
　엄마는 나를 곁에 앉히고는,
　내게 악보 읽기를 시키고
　연주를 시켰다.

　난 엄마의 절반에도 못 미친다.
　엄마는 아빠를 거실로 끌어들일 수 있다,
　아빠가 마지막 우유 짜기를 끝내고, 너무나 지쳐서
　자신의 이름도 간신히 기억하고
　원하는 거라곤 단지
　육신을 누일 매트리스 한 장뿐일 때조차도 말이다.
　하루의 그맘때 아빠의 관심을 끌려면
　뭔가 특별함이 있어야 하는데,
　엄마는 그럴 수 있다.
　나의 막된 연주로는
　엄마의 섬세한 음률과
　화려한 손가락 동작을 절반도 못 따라간다.
　그래도 난 알리 선생님 마음에 들 정도는 된다, 내 생각이지만.

1934년 3월

빚

아빠는 생각 중,
루스벨트 정부에서 대출을 받아
겨울 작물이 바람에 휘둘려 죽어버린 밭에다가
밀을 새로 심을까.
루스벨트 대통령이 약속하기를,
수확이 나올 때까지 아빠는
한 푼도 안 갚아도 된단다.

아빠 말이,
"밭을 갈아엎어버리고
다시 시작하는 거다.
머잖아 반드시 비가 올 거야.
밀도 꼭 자라겠지."

엄마 말이, "비가 안 오면?"

아빠는 모자를 벗어서
머리를 들쑤시고는,
모자를 다시 쓴다.

"비는 오게 돼 있어"라고 답한다.

엄마는, "여보,
밀 농사 짓기에 넉넉한 비가 온 적이
지난 3년 동안 없었잖아."

아빠는 속이 부글거리는 모양새다.
핏대 오른 얼굴로 외양간으로 가서,
임신한 엄마와의 싸움을 피한다.

난 엄마에게
어째서,
이 긴 세월을 겪고서도
아빠는 아직도 비를 믿을 수 있는지 묻는다.

엄마 말이, "뭐, 비가 넉넉히 오기도 하니까,
어쩌다 가끔씩
사람들이 희망을 버리지 않도록.
설령 비가 안 온다고 해도
네 아빠는 비를 믿는 수밖에 없어.
봄이 턱밑에 와 있고
아빠는 농부니까."

1934년 3월

구더기 스튜같이 흉칙스러워

알리 원더데일 선생님 말로는,
「서니 오브 서니사이드」연주 연습으로
내가 다음 주 학교 수업을 두 번 이상
빼먹게 되지는 않을 거란다.

엄마에게 말하자 엄마는,
그깟 쇼에서 피아노 연주를 하려고 수업을 빼먹느냐고 화를
냈다.

나와 아빠,
우리가 엄마를 기쁘게 하려고 무지 애를 쓰는 건,
안 그러면 아기에게 해가 미칠까 봐서다.
나의 연주에 대해서 엄마가 왜
그렇게 반대를 하는지 알 수가 없다.
학교 수업은 중요하다고 엄마가 말하지만,
난 학교에서 잘하고 있다.
난 내가 연주하는 음악이
엄마 마음에는 안 든다는 걸 알지만,
때로는 엄마가

나는 피아노 앞에 앉아 있고
엄마는 그러지 못하는 걸
괜히 시기하는 것도 같다.
어쩌면 엄마가 약간 염려하는 것은
내가 음악을 따라 어딘가로 사라지는 바람에
엄마가 따라오지 못하는 걸지도 모른다.
아니면 음악이
어느 날 나를 아주 먼 곳으로 데리고 가서
다시는 내가 집으로 돌아오지 않는 걸지도.
무슨 이유로든, 엄마는 내가 연주하는 건 안 된다고 한다.
알리 선생님은 나를 대신할 누군가를 찾아야 한다.

난 엄마가 시키는 대로 한다. 학교에 가고,
오후에는 집에 와서
집안일을 끝내고,
부엌 식탁에서
읽기 숙제를 하고 수학 문제를 풀면서,
그러는 동안에 엄마 등짝에다 구더기 스튜같이
흉칙스러운 표정을 날린다.

1934년 3월

주 주관 시험

집에 와서 엄마에게
평가시험에서
우리 학교 평균 점수가 주 전체보다 높게 나왔고,
내가 8학년에서 최고 점수를 받았다고 말했다.

엄마는 고개를 끄덕였다.
"그럴 줄 알았어."

그게 다였다.

엄마에겐 내가 자랑스럽다는 걸
나도 안다.
근데 엄마는
매드 도그 엄마처럼 살갑지 않다. 그렇다고 해서
킬리언 부인처럼
무관심한 태도도 아니다.
아빠 말씀이,
"그런 건 네 엄마 스타일이 아니다."
그래도 난 엄마가 그런 사람이면 좋겠다.

"내 그럴 줄 알았어"보다는
내가 우쭐해질 수 있는 무슨 말을 해줬으면 좋겠다.
외려 나는 엄마가
빨랫줄에 널어 말리는 수건처럼
나를 취급하는 것 같다고 느낀다.

1934년 3월

번개 치는 들녘

바람이 이는 소리가 들리기에
침대에서 비틀거리며 내려와서,
계단을 내려가
현관문을 열고,
뜰로 나갔다.
밤하늘이 계속 번쩍대고,
번개가 불안정한 자신의 긴 다리를 타고 내려왔다.

그것이 닥치기 전에 나는 벌써 느꼈다.
들었고,
냄새를 맡았고,
맛보았다.
황사를.

엄마 아빠가 잠자는 동안
황사가 들이닥쳐서,
6월의 수확 준비로
속수무책으로 서 있는
겨울 밀밭을 헤집어버렸다.

나는 그 밀이
그토록 혹독한 가뭄과 가혹한 바람을 이겨내는 모습을 지켜
봐왔고,
밀이 가뭄에 말라비틀어지거나
바람에 쓰러지거나
혹은 버려진 누더기처럼
날아다니거나 하는 모습을 지켜봐왔다.

황사가 불붙은 기관차처럼
집으로 들이닥칠 무렵에야,
나는 맨발로 숨이 차
집 안으로 도망쳐 들어왔고,
황사가 들이닥쳐
창문에다 대고 씩씩거리고
지붕을 들썩이고서야,
아빠가 깨어났다.

아빠는 폭풍 속으로 달려 나갔다.
내의 바람에 작업복 멜빵을 한쪽만 채운 채
"아빠!" 내가 외쳤지. "황사 폭풍을 멈출 수는 없어요."

엄마는 나에게
침대를 덮어놓고,
깔개로 문을 막고,

창문틀에 둘러쳐진 천에다 물을 뿌리라고 했다.
엄마는 흙모래를 모두 닦아내고는,
커피와 비스킷을 준비하고서
아빠가 돌아오길 기다렸다.

4시가 지났을 무렵,
등허리께를 문지르면서
엄마는 식탁 의자에 털썩 주저앉아
얼굴을 감쌌다.
아빠는 몇 시간이 지나도록 돌아오지
않다가,
기온이 너무 떨어지면서
눈이 내리고 나서야 오셨다.

엄마와 나는 한숨을 쉬며 안도하고
더러워진 눈송이를 내다보았지만,
우리의 안도는 그때뿐이었다.
바람이 눈을 들판에서 곧바로 걷어 가버려
황사 바다를 드러내놓은 채,
굽이
굽이
굽이의
황사 너울이,
우리 집 뜰에서 출렁이고 있었다.

아빠가 들어와서
엄마 맞은편에 앉아 코를 풀었다.
진흙이 쏟아져 나왔다.
아빠는 기침을 하면서
진흙을 뱉어냈다.
만약 아빠가 우셨더라면
눈물도 진흙이었을 테지만,
울지 않으셨다.
엄마도 울지 않았고.

1934년 3월

1934년 봄

황사 곁에서 시험 보기

우리가 앉아서
6주간 시험을 치는 동안,
바람이 일면서
학교 벽 틈새로,
창문 유리 틈새로,
모래가 날아들었다.
시험이 끝났을 때,
우리는 너 나 할 것 없이
기침을 심하게 했고
목욕을 해야 했다.

우리가 보너스 점수를 받았으면 좋겠다,
모래먼지 폭풍 속에서 시험을 쳤으니까.

1934년 4월

은행

엄마가 말하길,
은행이 회전시킬 자금이 없어서
문을 닫았을 때
우린 모든 걸 잃어버렸는데,
이제 우리가 맡긴 모든 돈을
전액 되돌려받을 거라고 한다.

잘됐다.

이제 우린 아기가 태어날 때에
의사를 부를 돈이 생긴 거다.

1934년 4월

죽어가는 밀

군청 담당자 듀이 씨가
안 좋은 소식을 전했다.
전체 밀의 4분의 1이
날아가버리거나 시들어버렸단다.
남아 있는 것조차
예상 수확량의 극히 일부분일 뿐이라고 한다.
게다가 도무지 비가 오지 않으니
더 많은 밀이 죽어 나가고.

군청 담당자 듀이 씨가 말하길, "이대로라면
내년 가을에 뿌려야 할
종자밀도 못 건지게 됩니다."

피아노는 이 모든 사태에 위안이 된다.
피아노를 치는 몇 시간 동안은 황사를 잊고
나의 긴 손가락이 거칠게 리듬을 이어가지만,
내가 연주할 때면 엄마는 부엌에서 쿵쾅거리다가
나를 가게로 심부름 보낸다.
조 데 라 플로어 씨는 내가 지나가는 것도 못 보고

울타리를 손보면서, 황사 때문에 정신을 못 차린다.
나는 갈비뼈가 앙상한 그 집 소들을 보고 움찔한다.
그런데 그분은 소들은 안중에 없다.
그분을 보면 우리의 미래가 메말라 가고
황사와 함께 날아가버리고 있음을 깨닫게 된다.

1934년 4월

밀 농사 포기

엄마가 말한다.
"연못을 하나 파지 그래, 베이어드.
풍차 양수기를 이용해서 채우면 되니까.
우리에겐 좋은 우물이 있잖아."

아빠가 투덜거린다. "물은
내가 퍼 올리는 즉시
땅속으로 도로 스며들어버릴 거야, 폴.
우물도 곧 말라버릴 거고
그럼 우린 아무것도 없게 돼."

엄마가 말한다. "그럼 다른 걸 한번 심어보면 어때.
목화나
수수 같은 거. 밭에 다른 작물을 심어보면
어떤 건 밀보다는
나을지도 모르잖아."

아빠가 말한다.
"아냐.

밀이라야 해,
전에도 키웠어.
앞으로도 키울 거고."

그래도 엄마는 말한다. "아직 모르겠어?
무슨 일이 벌어지고 있는지, 베이어드?
이제 이곳은 밀농사에 알맞는 곳이 아닌 거야."

그러자 아빠가 말한다.
"당신 사과나무는 어떤데, 폴?
당신 생각에 사과나무는 이곳에 맞는다고 생각해?
저 두 그루만큼 물을 많이 먹는 작물은 없어.
그래도 당신은 저 나무들을 베어버리게 하진 않을 거잖아,
안 그래?"

엄마는 화가 난다. 입을 보면 안다.
"연못을 파야 해." 엄마가 말한다.
말에 날이 섰고 완강하다.

아빠가 말한다. "이봐요, 폴. 누가 농부지?
당신이야 나야?"

엄마가 말한다.
"공과금 내는 건 누군데?"

56

"현재로선 아무도 안 내지." 아빠가 말한다.

엄마는 몸을 부르르 떨지만 아빠가 그걸 보게 하지는 않는다.
대신, 엄마는 닭장으로
나가서는
자신의 화가,
텅 빈 부엌의 냄비처럼 부글거리다가
허드렛일을 하며 끓어 넘쳐버리게 한다.

1934년 4월

내가 모르는 것

우리 선생님, 미스 프릴랜드,
전국에서 모여든
유명한
오페라 가수들과 함께
성당에서
노래 부르고 있는 작품은
오페라 극
「나비 부인」.

난 그 오페라 극에 대해서 들어본 적이 없다.

"「나비 부인」을 모르는 사람은 별로 없는데."
매드 도그가 말한다.

어떻게 저
노래나 좀 하는 촌뜨기가 내가 모르는 것을 알고 있담?
모두가 다 아는데
나만 모르는 것이
얼마나 더 많이 있는 건가?

1934년 4월

사과꽃

엄마는
내가 기억하기로는
줄곧 이 두 나무를 키워왔다.
황사를 무릅쓰고
가뭄도 무릅써가며
엄마가 억척스럽게 돌봐서,
이 나무들은 이제
가녀린
연분홍색 꽃들로
온통 빽빽이 덮였다.

아무리 쳐다보아도 내 눈은 질리지 않는다.
나무 아래에 서서
내 머리카락 속으로
떨어지는 꽃잎을 맞노라면,
내가 태어나기도 전에
엄마가 앞뜰에
심어놓은
두 나무의 가지에서 떨어져 내리는,

달콤한 향기를 품은 꽃의
세례를 받노라면,
엄마랑 사과나무가 과일을
우리 집에 함께
가져다주겠지.

1934년 5월

세계대전

아빠는 고작 열일곱 살에
먼 프랑스에서 터진 세계대전에
참전했다.

아빠는 그 당시의 일을 별로
말하고 싶어 하지 않는다, 양귀비꽃 말고는.
그는 죽은 사람의 무덤 위에 핀
붉은 양귀비꽃을 기억한다.

아빠 말씀이
그 전쟁이 프랑스를 만신창이로 만들었는데,
토네이도보다 더 비참하고
황사보다도 더 비참했지만,
그럼에도
야생 양귀비가 전선을 따라 생겨난 길가에 피면서,
프랑스의 시골 풍경을 밝게 만들었단다.

나도 이 황사를 뚫고 자라나는 양귀비꽃을
볼 수 있음 좋겠다.

1934년 5월

사과

엄마의 사과꽃들은
딱딱한 푸른 공이 되었다.

벌써부터 먹으면
너무 떫어서,
입을 얼얼하게 만들 거고
배도 끙끙대게 할 거다.

하지만 두세 달만 지나면,
아기가 태어났을 때면,
사과가 익어서
우린 사과 파이를 만들고
소스도 만들고
푸딩도 만들고
덤플링도 만들고
케이크도 만들고
코블러 파이도 만들고
학교에 가져갈 못생긴 사과도 생길 거고
주머니칼로 잘게 썰어

즙이 가득한 사과 조각을 한입씩 먹을 거다,
입안이 깨끗해지고
산뜻해져서
내게서는 사과 냄새밖에 안 나게 될 때까지.

1934년 6월

황사와 비

일요일에
바람이 불면서,
마치 들불 같은
황사를 몰고 오더니,
뜨겁고 매캐한 게,
내 콧속과
내 눈의 흰자를 따갑게 했다.
으르렁대는 황사가
멀건 대낮을 밤중으로 만들어버렸다.

그러다가 황사가 물러가고는
비가 내렸다.
그게 그런데 축복할 일이 아니었어.
너무 심하게,
너무 한꺼번에 오는 바람에,
표토를 걷어 가면서
밀도 함께 쓸어 가버렸다.
이제
아빠가 힘들게 가꾼 작물이 얼마 남지 않았다.

아빠의 유일한 선택은
농사를 포기하거나
갈아엎어버리고 새로 심는 길뿐이다.

스트롱 목장은
비가 한 방울도 안 내렸다.
누가 더 혜택을 본 걸까?

엄마는 창문 밖 사과나무를 내다보고 있다.
푸른 풋사과들이 땅에 뒹굴고 있다.
그래도 아직 제법 달려 있다,
미미한 수확치고는
제법,
더 떨어지지만 않는다면.

1934년 6월

수확

콤바인이 밭을 가로질러 다니며
밀을 수확한다,
겨우 살아남은 것들을.

터틀 씨는 첫 수확을 시내로 싣고 가
부셸*당 73센트에 팔았다.
괜찮은 가격이다.

채핀 씨와 해버스틱 씨, 프렌치 씨도
수확물을 싣고 가,
조이스시의 자동저장고에 부렸다.

아빠가 해버스틱 씨에게 상황이 어떤지 물었더니,
그분이 계산하기로
스무 부셸을 수확하던 땅에서 여덟 부셸을 얻었다고 했다.

만약 아빠가 밭에서 다섯 부셸을 얻을 수 있다면

---

* 1부셸bushel은 약 27킬로그램.

66

그건 기적일 것이다.

1934년 6월

알리 선생님과의 여행

내 생각은 이렇다.

이 세상에서 내가 있을 곳은 피아노 앞이다.

나는 피아노 연주로 얼마간의 돈을 벌고 있는데,

알리 원더데일 선생님 덕분이다.

그분과 블랙 메사 보이스는

키스, 굿웰 그리고 텍스호마시에 연줄이 있다.

그리고 그다지 많지 않은 청중 모두

긴 다리에 붉은 머리 소녀가 연주하는

피아노 래그* 몇 절을 들으면,

황사가 끼어서 건반 몇 개가 쉰소리를 내는데도 고마워한다.

처음에 엄마는 가슴 위로

팔짱을 낀 채

나를 노려보면서,

단호하게, 가서는 안 된다고 말했다.

하지만 연주로 벌게 될 돈이 엄마를 안심시켰고,

---

* rag: 1880년대부터 미국 미주리주를 중심으로 유행한 피아노 음악인 래그타임ragtime의 준말. 당김음이 많은 것이 특징이다.

알리 선생님과 아내 베라 사모님이,
엄마의 출산이 임박하지만 않았더라면
엄마에게도 연주를 부탁했을 터라고 칭찬했다.
엄마가
오케이 했는데,
여름 동안만이고,
내가 피곤하다고 불평하지 않아야 하고,
쓸데없이 나돌아다니지 말아야 하고,
아침에 깨울 때 두 번 부르게 하지 않아야 하고,
농장 일을 거드는 데에 소홀하지 않아야 하고,
또한 알리 선생님의 베라 사모님이 나를 잘 감시하겠다는 조건이었다.

알리 선생님은 나의 피아노 연주가 훌륭하다고 했다.
「나의 베이비는 나만 좋아해」
그리고 「나의 베이비를 집에 바래다주며」 같은,
제목에 '베이비'라는 말이 들어가는 노래 세트를 나는 연주한다.
나는 엄마 때문에 일부러 그런 곡들을 골랐는데,
알리 선생님의 밴드 연주에 오는 어른들이
꽤 좋아했어.

알리 선생님은 10센트짜리 동전으로 급료를 주셔.
엄마는 내가 벌어 온 돈을 어딘지는 나도 모르는 데에다 모아두는데,

몇 년 후 내 대학 교육을 위한 저축이다.

돈은 내게 아무래도 좋다.

난 아무 보상이 없어도 연주할 테다.

알리 선생님의 밴드 남자애들과 같이 있을 때는 황사를 잊어버린다.

우린 알리 선생님의 차를 타고

노래를 부르면서 도로를 쌩쌩 달린다.

우리들 목소리를

선생님 뒷좌석에서 흐르는 밀러 라이스의 비트에 얹으면서

어떤 때는 앞자리의 베라 사모님이 가사도 없는 희한한

추임새를 넣는데,

그 소리가 정말 기막히다.

그런 분들의 일원이 되는 것,

내가 좋아하는 알리 선생님의 청중을 공유하는 것,

함께 길 위를 달리는 것,

새롭고 흥미로운 어떤 곳에 있는 것.

우린 즐거운 시간을 보낸다.

그리고 그분들은 내게 피아노를 연주할 기회도 준다.

1934년 6월

1934년 여름

보슬비에 거는 희망

0.5센티미터쯤 내린 비,
전혀 불평할 게 아니다.
땅 위의 식물에게 도움이 되고,
새 씨앗이 움트게 될 테니까.

이 0.5센티미터쯤 되는 비가 엄마에게도 경이를 가져와서,
엄마는 요즘 멜론처럼 익었다.
엄마는 더 이상 누구에게 무엇도 바라지 않고
오직 비만 갈구하는데,
아침밥 자리에서도,
저녁밥 자리에서도,
낮이고,
밤이고,
엄마가 갈구하는 건 비다.

오늘 엄마는 보슬비 속에 서 있다.
도로에서도 안 보이고
아빠가 못 보는 데 서서,
나도 못 볼 거라 생각하지만

나는 외양간에서 엄마가 보인다.

엄마가 배[梨]*같이 생긴 알몸인 채,

빗방울이

엄마의 살갗을 타고 흘러내리면서,

얼굴과 긴 등에 흙 자국을 만들고

밝고 어두운 길을 내다가,

젖은 황사가 엄마의 솟아오른 배 위로 천천히 자국을 만든다.

경이로운 나의 엄마, 둥글게 줄무늬 져 익어서

한 덩이 멜론 같다.

1934년 7월

* 미국에서 생산되는 배는 작고 조롱박 같은 모양이다.

디온의 다섯 쌍둥이

황사가 불어
우리 집 앞길로,
우리 집을 향해,
들판을 가로질러 오고 있던 동안,
북쪽 캐나다에서는
엘지르 디온이라는 여성이
다섯 딸을
한꺼번에 낳았단다.

엄마를 보니,
아기 한 명으로도 저렇게 티가 난다.
"다섯을 상상이나 할 수 있어?" 내가 물었다.
엄마는 의자에 몸을 앉혔다.
눈물이 엄마의 빵빵한 배 위로 떨어지며,
단지 그걸 생각한 것만으로도
엄마는 울었다.

1934년 7월

떠돌이 소년

어떤 남자애가 오늘 집에 와서
먹을 걸 달라고 했다.
그 애는 아무 대가도 내놓을 수 없었지만,
엄마는 그를 앉히고
비스킷과
우유를 주었다.
밥값으로 일을 하겠다고 해서,
엄마는 그를 아빠에게로 보냈다.
그 애와 아빠는 오후 늦게 돌아왔다.
그 애는 아빠보다 두 발짝 뒤에서
아빠가 일으킨 먼지를 뒤집어쓰며 따라왔다.
겨우 열여섯 살.
울타리 막대처럼 말랐다.
나는 리비 킬리언의 오빠 모습이 지금 어떠할지
궁금해졌다.
리비도 궁금했다.
아빠가 소년에게, 떠나기 전에 목욕을 하고,
이발을 하고,
옷을 갈아입고 싶은지 물었다.

소년이 끄덕였다.
나는 그 애가 "네"라거나
어쩌다 "아니요"라거나
"그러겠습니다"라고 대답하는 것밖에 듣지 못했다.

우린 그 애가 길을 따라
걸어가는 모습을 지켜보았는데,
아빠의 기운 작업복을 입은 채
다리는 마치 실버들 가지 같고,
팔은 갈대 줄기 같았다.
엄마는 손을 무거운 배 위에 올렸고,
아빠는 턱을 내 머리 위에 걸쳤다.
엄마가 말했다. "저 애 엄마가 걱정하고 있을 텐데.
아이가 집에 돌아오길 간절히 바라고 있을 텐데."

요즘 같은 때는 많은 엄마들이 그럴 거다,
아들들이 걸어서 캘리포니아로,
비가 내리고
푸른색이 전혀 기적으로 보이지 않고,
매일 희망이 줄기 속 수액처럼 샘솟는 그곳으로 갔으니까.
나도 언젠가는 뉴멕시코주와 애리조나주, 네바다주를 거쳐,
그곳으로 걸어가리라 생각 중이다.
언젠가는 이 바람과 황사를 뒤로하고
서부로 걸어가서

푸른 포도밭과 약속의 땅,
그 아득한 곳에서 편히 지내리라.

1934년 7월

사고

나는
심하게
데었다.

아빠가
석유 한 통을
난로 옆에 두었는데,
엄마는
아침을 차리면서
그 통이
물로 채워진 건 줄 알고
들어 올려서는,
아빠 커피를 만들려고
부었지만,
커피를 만드는 대신
불줄기를 만들었다.
불이 난로에서
석유통으로 옮겨붙으면서
불길이

치솟았다.

엄마는 부엌에서 달려 나와
현관문으로 뛰어가면서,
아빠를 고함쳐 불렀다.
나도 엄마 뒤를 따라 뛰었는데,
그러다
바싹 건조한 부엌에 남겨진
불붙은 통이 생각나서,
재빨리 되돌아가 그걸 집어 들고
문밖으로 던졌다.

미처 몰랐다.
엄마가 되돌아 들어올 줄은 정말 몰랐다.

불타는 기름이
엄마의 앞치마에
끼얹어져서,
엄마가,
갑자기 엄마가,
불기둥이 되어버렸다.
나는 엄마를 땅바닥에다 밀어서 쓰러뜨리고
필사적으로 엄마를 구하기 위해,
필사적으로 아기를 구하기 위해, 난

손으로 두들겨서 불을 끄려고
애썼다.
최선을 다했다.
그러나 소용이 없었다.
엄마는
화상을
심하게
입었다.

1934년 7월

화상

처음에는 아픔을 느끼지 못하고
뜨겁기만 했다.

그냥 화염 속에 삼켜져서,
「헨젤과 그레텔」에 나오는 마녀처럼
흔적도 없이 사라질지도 모른다는 생각이 들었다.

누군가가 라이스 의사 선생님을 데려왔다.
의사는 엄마를 먼저 돌본 후에
내게로 왔다.
의사가 내 손의 피부를 잘라내었는데, 그게
갈기 모양의 줄기로 매달려 있었다.
그분이 내 피부를 가위로 잘라낸 후,
핀으로 손을 찔러대며 감각이 어떤지를
알아보았다.
그리고 내 상처를 소독약에 적셨다.

그때야 아픔이 왔다.

1934년 7월

악몽

지금은 깬 상태,
꿈 때문에 아직도 몸이 떨린다.

윙윙거리는 황사 폭풍을 뚫고서
집으로 오는 내내,
흙먼지와 바람이 내 숙인 얼굴을 박박 문질렀다.
모래알이 내 눈을 긁어대고
이빨 사이에서 버걱거렸다.
모래가 내 옷 속을 스멀거리면서
피부를 긁었다.
황사가 귓속, 콧속,
목구멍까지 기어들어 왔다.
황사가 역해서 몸서리를 쳤다.

집 안에는
황사가 갈라진 벽 틈으로 들어와서,
마루를 덮고
문들 주변에 쌓였다.
공기 중에 떠다니고 어디든 있었다.

나는 아무도, 아무것도 신경 쓰지 않고 피아노만 챙겼다.

찾아보니,

흙더미 속에 있었다.

엄마가 피아노를 그렇게 황사 속에 내버려둔 게 화가 났다.

건반을 닦고

연주했을 때,

고문에 시달린 소리가 나와

마치 누군가가 비명을 지르는 것 같았다.

주먹으로 건반을 쳤더니 피아노가 산산조각 났다.

아빠가 나를 찾았다. 물을 가져오라고 했는데,

엄마가 목이 말랐던 거였다.

불덩이 통을 가져다주었더니 엄마가 마셨다. 엄마는

불덩이 아기를 출산했다. 아기는

엄마 곁에서 불타버리고.

난 도망갔다, 이턴 씨네 농장으로.

그 집은 소작인이 떠난 상태였는데,

토대가 기울어 있었다.

아무도 살 수 없는 상태였다.

눈길이 미치는 곳마다 물결 진 흙더미였다.

바람이 불덩이같이 으르렁거렸다.

그 집 문이 열리면서 나타난

황사 더미가

수십 센티미터나 되었다.
거기에 피아노 한 대가 놓여 있었다.

피아노 의자가 바닥 바로 밑으로 사라졌다.
피아노가 내 쪽으로 기울었다.
나는 서서 피아노를 쳤다.
음악 소리를 듣는 안도감이 어찌나 컸던지,
집에 있는 피아노가 내던 그 고통의
소리 대신……

나는 그 이턴 씨네 피아노를 흙더미에서 끌어내
집으로 끌고 왔지만,
막상 집에서는 칠 수가 없었다. 혹처럼
부어오른 손은,
냄새 고약한 고름을 흘리고
우스운 모습으로 손목에 매달린 채,
아픔으로 쑤셨다.

잠에서 깨보니, 손에 관한
부분은
진짜였다.

1934년 7월

고통의 텐트

아빠가
침대 시트로 엄마 위에 텐트를 쳐서
그나마 남아 있는 엄마 피부에
아무것도 닿지 못하게 했다.
엄마를 쳐다볼 수가 없고
알아볼 수조차 없다.
불에 그은 고깃덩이 같은 냄새가 나는 엄마.
신음 소리를 내는 엄마의 몸뚱어리,
도저히 나의 엄마같이 보이지 않는다.
얼굴조차 없는 것 같다.

아빠가 물을 가져와서,
젖은 천을 짜서
엄마 입술 사이로 방울방울 떨어뜨린다.
엄마는 눈을 뜨지 못한 채,
아기가 몸속에서 움직일 때
울부짖고,
보통 때는
밤낮으로 신음한다.

황사가 내 귀를 막아버려
엄마 소리가 안 들리게 했으면 좋겠다.

1934년 7월

음주

아빠가 돈을 찾아냈는데,
엄마가 부엌 문턱 밑에
묻어두었던 거다.

별로 많진 않았다.
하지만 거나하게 취하기엔 충분했다.

아빠는 지난밤에 외출했다.
엄마가 신음하면서 물 좀 달라고 애원하던 때에.
아빠는 그 비상금을 술 마시는 데
깡그리 써버렸다.

내가 엄마를 도와드리려 했다.
천으로 짠 물방울을 엄마 입에 겨냥하기가 힘들었다.
짤 수가 없었다.
짤 때마다 내 손의 상처가 아파서.
난 오히려 엄마를 더 짜증 나게 했다. 엄마는
상처에 떨어진 물방울이 쓰라려서 울었고,
목을 적시고

갈증을 달래줄
물이 들어오질 않아서 울었고,
이런 상황에서
아빠는 가이면에서,
술을 마시고 있었다.

1934년 7월

먹혀버림

의사 선생님이 나가서 물을 가져오게 했다.
날은 무척 더웠고
집도 아주 더웠다.
문밖을 나서자
구름 떼가 내려앉는 게 보였다.
마치 천 개의 엔진이 돌아가는 것 같은 소리를 내고 있었다.
그게 모양새를 바꿔가며 다가왔는데,
처음에는 아빠의 밀밭에 내렸다.
메뚜기 떼가
밀의 수염, 잎, 줄기를 먹고는,
집 가까이로 다가와
엄마의 텃밭, 울타리 말뚝,
줄에 널린 빨래를 먹어치우고,
바로 내 앞까지 오더니
엄마의 사과나무에 내려앉았다.
난 사과나무로 기어 올라가느라
연한 손의 속살 딱지들이 벗겨졌는데,
메뚜기 떼가 내 몸에 달라붙었다.
그놈들을 나무에서 털어내려고 애썼다.

그런데도 그놈들은 모든 잎을 먹어치우고,
과일도 남김없이 먹어치웠다.
사과 고갱이 몇 개 말고는 아무것도,
엄마 나무에 달린 게 없다.
엄마에게 말하지 못했다,
엄마의 사과는 모두 사라졌다고
말할 엄두가 도저히 나지 않았으니까.
말할 기회도 영원히 사라졌다.

엄마는 그날
내 남동생을 낳다가 돌아가셨다.

1934년 8월

탓

아빠의 누나가 내 동생을 데려가려고 오신 것은
엄마의 몸이 차가워지고 있던 순간.
고모는 내 동생을 러벅으로 데려가서
자기 아이로 키울 작정이었지만,
내 동생은 엘리스 고모가 이곳에 도착하기도 전에 죽었다.
고모는 그 작은 몸을 안아보려고 하지도 않았다.
나한테도 별 관심이 없었고.
동생이 죽은 걸 알게 되자,
고모는
아빠랑 얘기를 나누었다.
그러곤 곧바로 돌아서서
러벅으로 돌아가셨다.

동네 아주머니들이 오셨다.
그분들이 내 동생 시신을 보자기에 싸서
붕대로 감긴 엄마의 팔에 안겨주었다.
우린 둘을 함께
엄마가 좋아하던 둔덕에 묻었는데,
엄마가 늘 부엌 창문으로 내다보던 곳,

메말라버린 비버강이
바라다보이는 곳이었다.

빙엄 목사님이 장례를 주관하셨다.
그분이 엄마 얘기를 하셨지만
별로 와닿지는 않았고,
분명한 건
그분이 엄마를 잘 알지 못하는 데다가,
엄마의 피아노 연주조차 들어본 적이 없다는 것이다.
그가 아빠에게
아기 이름을 지어달라고 했다.
아빠는, 등을 구부린 채 아무 말씀이 없으셨다.
침묵하는 아빠 대신 내가 말해버렸다.
목사님께
내 동생 이름은 프랭클린이라고 말했다.
우리 대통령 이름과 같다.

아주머니들이 수다를 떨면서
상갓집을 치웠다.
나는
조용히 내 방의
철제 침대에 누워서,
그분들의 말소리를 들었다.

"빌리 조가 그 통을 던졌어."
"사고지."
그분들이 말했다.
그 말 속에 내가 사고의 원인이라는 손가락질이 있었다.

그분들은
아빠가 난로 곁에 석유통을 두었다는 말은 꺼내지 않았다.
그분들은 아빠가
엄마가 몸을 뒤틀면서 물을 애걸하고 있었을 때
고주망태가 되도록
술을 마셨다는 이야기는 한마디도 하지 않았다.

그분들이 말한 것은 단지,
빌리 조가 석유통을 던졌다는 거였다.

1934년 8월

생일

시내까지 걸어간다.
어깨너머로
엄마와 아기를 함께 한 곳에 품고 있는
그 무덤은 돌아보지 않는다.
아무것도 되돌아보지 않으려 애쓴다.

발자국마다 황사가 일고,
공기 중에는 느끼한 냄새가 배었다.
도로 이쪽저쪽에는
산토끼, 작은 새, 들쥐 시체가
먼 데까지 널려 있다.

아빠는 자신의 밭을 유심히 건너다보고 있는데,
노인의 머리 위에 남은 몇 가닥 머리카락같이
시든 줄기 몇 개 외엔 텅 비었다.
아빠가 생각하는 게 엄마인지,
아니면 저 밭에서 자라던 밀인지 모르겠다.

매서운 바람에 휘둘릴

한 가닥 풀잎조차 드물고,
남은 건 이
한 줌의 살덩이,
한때 여러 옥타브를 건너뛰어 다니던 그 긴 손이,
내 허리께에서 덜렁거리고 있다.

나는 가만히
알리 원더데일 선생님 집 뒤편에 다가가 자리 잡고는,
아무도 나를 볼 수 없는 그곳에서, 머리를 뒤로 기댄 채
눈을 감고
그분의 연주를 듣는다.

1934년 8월

뿌리

루스벨트 대통령께서 우리더러
나무를 심으라고 한다. 나무가
바람을 막아줄 거란다. 그분 말씀이,
나무가
가뭄을 끝내면,
동물들이 둥지를 틀게 되고,
아이들도 나무에서 쉴 수 있게 된단다.
나무는 뿌리를 가졌단다, 그분 말씀이.
흙을 붙들고 있을 뿌리를.

좋은 말씀이긴 한데,
그분께서 뭐가 문제인지를 아는 것 같진 않다.

이곳은 원래 나무의 터전이 아니었다.
이곳은 나무가 발붙일 곳이 아니다.
어쩌면 이곳은 누구도 발붙여서는 안 되는 곳인지도 모른다,
초원의 풀과
매 말고는.

1934년 여름   97

아빠는 떠나지 않을 것이다, 어떤 경우에도
아빠는 땅만큼 고집불통이니까.
아빠와 땅은 서로 뗄 수 없는 관계다.
그럼 나는 어떡하라고?

1934년 8월

빈 공간

나는 이제 더 이상 아빠를 모르겠다.
내 맞은편에 앉아
아빠처럼 보이고,
아빠처럼 음식을 씹고,
아빠처럼
먼지 않은 머리를 빗어 넘기지만,
그럼에도 아빠는 낯선 사람이다.

아빠랑 있는 게 어색하고
짜증 나서,
혼자 있고 싶지만
혼자인 건 아주 두렵다.

우린 둘 다 변하고 있는데,
피차 엄마가 남긴 빈 공간을 메우기 위해 달라지고 있는 거다.
내가 벗겨지고 쑤시는 손을
아빠가 다가오면 등 뒤로 빼는 것은,
아빠는 그걸 보면
뚫어져라

쏘아보기 때문이다.

1934년 9월

구덩이

조리용 스토브에서 나오는 열이 상처를 아프게 하고,
소금도,
물, 황사조차도 아프게 한다.
나는 아픔으로 시간을 보내고,
한편
아빠는 집 곁에서
구덩이를 파면서 시간을 보내는데,
가로 12미터에 세로 18미터,
1.8미터 깊이다.

아빠는 웅덩이를 파서,
엄마가 원하던 대로
풍차에 물을 대려는 것 같지만,
그렇다고 말하지는 않는다. 그저 파기만 한다.

아빠가 내게 철도역 뜰에 가서 나무판자를,
예전에 화물칸으로 쓰였지만
이제는 고물이 된 판자를 주워 오라고 시킨다.
나는 판자를 주워 오면서, 피부가 벗겨진 손의 상처와

그 위에 앉은 딱지에 조심한다.
판자가 어디에 쓰이는지 모르겠다.
아빠가 말하지 않으니까.

아빠는 구덩이 속에서, 파고 있지 않을 때는
풍차를 손보면서,
회전에 걸리적거리는
부품을 간다.

사람들이 지나다 들러서 구경한다. 그분들은 아빠가
제정신이 아니어서
그토록 큰 구덩이를 판다고 생각한다.
나도 아빠가 제정신이 아니라고 생각한다.
물이 곧바로 땅속으로 스며들어버릴 거다.
오래된 연못에 물이 계속 고여 있진 않을 거다.
그러나 아빠도 그걸 충분히 생각했고,
어쨌든 파고 있다.

엄마에게 연못 이야기를 해줄까 하고 생각하다가,
문득 기억이 난다.

엄마 돈을 가져간 아빠를 용서해줄 수도 있고,
가이먼 술집에서
취한 채 보낸 밤도 용서해줄 수 있다.

하지만 내가 살아 있는 한,
아빠가 아무리 큰 구덩이를 판다고 해도
난로 곁에 두었던
그 석유통만은 용서할 수가 없다.

1934년 9월

킬라우에아

하와이에서 화산이 폭발했다.
킬라우에아.
공중에다
거대한 용암 덩어리를
뿜었는데,
땅이 흔들리고
화산재가
지나가는 길목에 있는 모든 것의 숨통을 막아버렸다.

……이를테면
황사 폭풍 같은 거다.

1934년 9월

상자들

내 옷장에는 상자 두 개가 있는데
내 일생의 소지품들,
종이들,
학교에서 그린 그림들,
망가진 머리핀,
아기 때 입던 옷들,
처음 자른 머리털,
들풀로 짠 조그만 바구니,
도자기 머리가 달린 인형,
핑크색 공,
대리석 구슬 세 다스,
백스터 장례식장에서 가져온 부채,
유리병에 담긴 내 유치들,
찢어진 세계지도,
사탕 껍질 두 장,
내가 몇 년 동안이고
챙겨보지 않았던 수많은 물건들.
정리하겠다고 여러 번
엄마랑

살펴보고 필요치 않은 것들은 버리기로 약속했던 상자들이
지만,
끝내 실천에 옮기지는 못했고
이제 손이 성하지 않다.
게다가 그럴 마음도 생기지 않는다.

1934년 9월

밤에 피는 꽃

브라운 부인의
손가락선인장이 토요일 밤에 꽃을 피웠다.
그분이 소식을 전하며
전에 약속했던 걸 와서 보라고 했다.
나는 부은 손으로 먼지 낀 눈을 비볐다.
그분의 집까지
어두운 밤길을 걷는 동안
속이 울렁거렸다.
엄마였으면 절대 나를 못 가게 했을 것이다.
아빠는 그냥 현관문 앞에서
내가 나가는 걸 지켜만 보았다.

내가 그곳에 도착했을 때는 거의 새벽 3시였다.
제법 많은 사람들이 모여 서 있었다.
브라운 부인이 말하길,
"한밤중에 개화했는데,
큰 접시만 했어요.
한순간에 다 피어버렸어요."

어떻게 저런 꽃이
이 가뭄 중에,
이 바람 가운데서 필 수 있단 말인가.

꽃이 밤에,
햇볕이 그을릴 수도 없고
바람도 잔잔한 때에,
생기를 북돋아줄
이슬 몇 방울이 있을 법하던 때에 피었다.

나는 새벽에,
그 꽃이
한 줄기의 아침 첫 햇살에 닿아,
시들어서 죽어버리는 걸 차마 볼 수 없었다.
그 부드러운 꽃잎이 햇볕에 그을려버리는 모습을
차마 볼 수 없었다.

1934년 9월

참사가 걸어온 길

프릴랜드 선생님이 말씀하시길,
"세계대전 때 우리나라가 세상 사람들을 먹여 살렸어.
우리가 세상 모든 사람의 배를 채울 수 있을 정도로
많은 밀을 생산할 수는 없어.
사람들이 우리에게 지불한 밀값이
하도 비싼 나머지
우리의 지갑이랑
머리가 부풀어서,
우린 더 큰 트랙터를 사고
더 많은 땅을 사다 보니,
마침내 우리는 대출금이랑
임대료랑
공과금이
터무니없이 올랐는데도,
잘되고 있다고 느낄 뿐 알아채지 못했지.
그러다가 전쟁이 끝나고 오래잖아
유럽인들은 우리의 밀이 더 이상 필요치 않게 되었어,
자기들 스스로 재배했으니까.
그런데 우린 유럽인들의 돈이

대출금을 갚고,

임대료를 내고,

공과금을 내는 데 필요했어.

우린 더 많은 소,

더 많은 양을

더 줄어든 땅에다 몰아넣었고,

가축들은 풀을 그루터기까지 뜯어먹어

뿌리가 드러났지.

그런데도 곡물값이 계속 떨어지니까

우린 더 많은 밀을 생산해서

예전에 벌어들였던 만큼의 돈을 벌어

그 비싼 장빗값이며 땅값을 내야 했고,

그래서 초지를 걷어내고 밭을 더 만들수록

모든 게 더 메말라갔는데,

왜냐하면 풀 밑에

갇혀 있던 수분이,

때를 기다려

건기 내내 식물들을 살리게 되는데,

그것이 이제 더 이상 거기에 없었기 때문이지.

초지가 없어지면 물도 없어지면서

흙이 먼지로 되거든.

그러다 마침내 바람이 들이닥쳐서는

그 먼지를 띄워서 몰아가버리지.

그런 참사는 갑자기 오는 게 아니라,

거기에 이르기까지 수많은 과정을 거쳐서
오는 거야."
그러나 이제,
우리들 문 앞까지 와버린 참사는
텍사스주만큼이나 큰데, 우린 오는 줄조차도 몰랐지만
줄곧 우리를 향해 곧바로 다가오고 있었던 거다.

1934년 9월

1934년 가을

취직

아빠가
화요일에 무선 전기 회사의
철탑구조물 구덩이를 파는 일에 채용되었다.

아빠가 말하길,
"내가 땅 파는 건 잘하지."
우리 집 구덩이를 아는 분이라면
아빠 말이 진짜임을 안다.

아빠는 몇 푼이라도 벌어야 한다.
작물의 겨울 전망이 밝지 않다.
얼마간의 현금을 버는 게 아빠의 기분을 좋게 할 거다.
그걸 술 마시는 데에 써버리진 않으실 거다.
엄마가 돌아가신 후론 그러지 않는다.

나도 한때 돈을 벌어 왔다는 게 믿기지 않는다,
피아노를 연주해서
어쩌다 가끔 번 겨우 10센트였지만.
이젠 피아노가 있는 방에는 한시도 있을 수가 없다.

특히 엄마의 피아노가 있는 방에는.

1934년 10월

비가 올 뻔

토요일에 비가 올 뻔했다.
구름이 농장 위로 낮게 드리웠다.
공기가 후덥지근했다.
비 같은 냄새가 났다.

시내에선
인도가
젖었다.
그게 다였다.

1934년 11월

내 손

와일드캐츠 팀이 이번 주에 연습을 시작했다.
올브라이트 코치님은 나도 팀에서 뛸 수 있다고 했었다.
"넌 조건을 갖췄어, 빌리 조.
네 큰 손 좀 봐. 네 키
좀 봐."
내가 말하길, "키가 크다고
농구를 할 수 있는 건 아니지요,
원한다고 되는 것도 아니고요."
그래도 그분은 무조건 내가 농구를 해야 한다고 말했었다.

올해 올브라이트 코치님은 내게
농구 얘기를 꺼내지 않는다.
키가 작아진 것이 아니다.
내 손 때문이다.

아빠가 예전에 늘 말하길, "그 손을 잘
좀 써보지 그래?"
아빠는 '그 손'을 더 이상
들먹이지 않는다.

알리 원더데일 선생님만 내 손에 대해 언급하며,
내가 노력하기만 하면
다시 피아노를 연주하게 될 거라고 한다.

                                                    1934년 11월

진짜 눈

황사가 그치고,
이어서
눈이 왔다.
진짜 눈.
꿈같은 크리스마스 눈,
부드럽고,
휘날리지도 않고,
열병이 지나간 후처럼
그렇게 조용히,
습하고,
땅에 들러붙은 채
흙먼지에 녹아드는
눈.

오, 풀과 밀,
소들,
토끼들,
그리고 아빠도 행복해하실 거다.

1934년 11월

댄스 레뷰

베라 원더데일 사모님이
펠리스 극장에 댄스 레뷰*를 올리는데,
알리 선생님이 내게
블랙 메사 보이스 팀과 한 곡을 연주할 수 있겠는지 물었다.
어쩌나, 크리스마스가 다가오는데
나랑 아빠뿐,
엄마도 없고 남동생 아기도 없다.
딱히 하고 싶은 건 아무것도 없다.
그럼에도 알리 선생님께 해보겠다고 한 것은
그분께 중요한 일 같아서였다.
그러면 선생님은 댄스에 참여할 수 있을 거라고,
그래서 피아노 연주자가 필요한 거라고 했고,
매드 도그도 노래할 텐데,
내가 얼마나 매드 도그와 함께이고 싶어 하는지를
그분은 알고 있다.

베라 사모님이 주문한 무대의상이

---

* revue: 춤, 풍자 등으로 이루어진 익살극.

주도州都에서 오고 있다고 사모님이 말씀하셨다.
특별한,
신상품이란다.
나도 사모님 따라 그 의상을
가지러 간다면 좋으련만.

연습 중에,
매드 도그가 노래를 마친 후 무대를 지나와
피아노 곁에 선다.

그가 내게 보내는 눈길은
엄마 없는 아이라서 불쌍하다는 표정이 아니다.
그는 나의 일그러진 손을 쳐다보지 않는다.
그는 나를 자신이 아는
누군가로,
빌리 조 켈비라는 사람으로 본다.
난 그게 고맙다,
내가 형편없이 연주하고 있다는 걸 생각하면 특히.

1934년 12월

매드 도그 이야기

매드 도그는 여자애들에게 둘러싸였다.

그 애들이 그에게 어떻게 그런 이름을 가지게 되었느냐고 묻
는다.

그가 말하길, "내가 거칠거나

미치광이거나, 아니면 버릇없는 아이라서가 아니라

14년 전 내가 두 살이었을 때

난 손에 잡히는 건 무엇이건 입으로 물었어. 엄마건,

형이건, 라이스 의사 선생님이건, 빙엄 목사님까지도.

그래서 아빠가 나를 미친개, 매드 도그라고 불렀어.

그러다 굳어진 거지."

집에 도착했을 때

아빠에게 혹시 매드 도그의 진짜 이름이

뭔 줄 아느냐고 물었다.

아빠는 내가 무슨 외국어를 한다는 듯이 나를 쳐다보았다.

엄마라면 말해주었을 텐데.

1934년 12월

미술 전시회

미술 전시회가 지난주에
법원 건물 지하실에서,
도서관 운영을 돕기 위해 열렸다.
입장료는 책 한 권
또는 10센트였다.
처음 입장할 때 나는 10센트를 냈는데
두번째와 세번째는 무료로 들여보내줬다.
그건 큰 배려였다,
난 더는 10센트가 없었고
피아노 건너 선반에서
엄마의 시집을 들고 가서 건네줄 수도 없었으니까.

유화랑,
수채화랑,
파스텔화랑, 목탄화를 보는 건 아주 대단한 일이었다.
바람에 나부끼는 풀이랑 늑대들이 있는
옛날 팬핸들 지역의 그림들이 있었고,
어떤 여자가 커튼 친 방에서
옷을 입는 그림,

그리고 앞에 정원이 들어서 있는
기차역의 드로잉,
그리고 꼬마 여자아이가 무릎 위에 아주 큰 고양이를
안고 있는 스케치가 있었다.

이제 그 전시회는 끝났고,
그림들은
빈방에다 집어넣거나
아무도 볼 수 없는 곳에
보관해두었다.
나는 그런 그림을 보고 싶은 마음이
너무 간절하다.
그리고 볼 수 없으니까
몹시 화가 난다.

1934년 12월

1935년 겨울

주州 시험에서 또

프릴랜드 선생님이 말씀하시길,
우리가 또다시 주 시험에서
오클라호마주 전체에서 일등이고,
주 평균 점수보다
24점이나
높다고 한다.

집으로 달려가서 엄마한데 말하고
엄마가 고개를 끄덕이는 걸 보고
엄마가 말하는 걸 들을 수 있다면 좋으련만,

"그럴 줄 알았어."

그 한마디면 충분할 텐데.

1935년 1월

크랜베리 소스가 없는 크리스마스 저녁

프릴랜드 선생님이
학교에서의
크리스마스 만찬 때
나의 엄마였다.

나는 내가
유일하게
진짜 엄마가
없는 아이일 거라고 생각했지만,
엄마 없는 여자아이가 두 명이나 더 있었다.

우리가 내놓은 건 칠면조랑,
밤으로 만든 드레싱이랑,
고구마랑, 브라운 그레이비*였다.
모두 우리가 만들었는데
결과는

---

* brown gravy: 고기를 조리할 때 나오는 육즙을 조미하여 만드는 소스. 스테
이크 등의 고기 요리에 곁들여 먹는다.

아주 좋았고,
집에서
아빠를 위해 내가 만들어
우리 둘만 말없이 식탁에 앉았던
크리스마스 저녁보다는 더 나았다.

엄마가 없는 게,
아기도 없는 게,
만약 내가 크랜베리 소스 만드는 방법만 기억하고 있었더라면
그렇게 나쁘진 않았을 텐데.
아빠는 엄마의 특별한 크랜베리 소스를 정말 좋아하셨다.
근데 엄마는 그걸 만드는 방법을 내게 가르쳐주지 않았다.

1935년 1월

소몰이

황사가
초원 전역에
눈처럼 쌓여,
둔덕이 울타리 곁에 생기고
황사 더미가 외양간을 내리누른다.
조 데 라 플로어 씨는 소먹이를 감당할 수도 없고,
소를 팔 수도 없다.
군청 담당자 듀이 씨가 와서,
소들을 외양간 뒤로 몰고 가
총을 쏜다.
소들이 황사로 폐가 막혀서,
우리 집 닭들처럼 질식하는 모습을 보는 게
너무 마음이 아프다.
뼈와 가죽만 남은 가축이
땅속으로
주저앉는 모습을 보느니,
정부의 처분에 맡기는 게 낫다.

조 데 라 플로어 씨는

말을 타고 목장을 둘러본다.
봄이 되면 그분은 러시아 엉겅퀴를 캐 모을 텐데,
그 식물이 아직 어리고 푸를 때,
가시가 생기기 전에, 들판을 굴러다니며
씨를 뿌리기 전에 뽑는 것이다.
그분은 그나마 남아 있는 소들,
뼈가 앙상한 소들을 먹이려고 엉겅퀴를 모으고,
소들을 메마른 비버강에서
아직도 물이 흐르는 시머론강*으로,
비가 올
때까지
한두 주 더 버틸 만한 곳으로,
골 몇 개를 건너 소 떼를 몰아간다.

1935년 1월

---

* Cimarron River: 오클라호마주에서 가장 큰 강.

첫비

일요일 밤,
나는 지붕 밑
철제 침대에서 다리를 뻗는다.
황사를 들이쉬지 않으려
코에다 젖은 수건을 대고
입가에 들러붙은 먼지 자국을 닦아내고는,
엄마가 생각나서, 몸이 떨린다.
두근대는 심장 소리가 나와
함께한다.

진정되지 않은 채
먼지투성이 시트를 몸에 감고,
먼지를 날려 보내면서,
몸에 달라붙은,
이 사이에도 낀,
눈꺼풀 밑에도 낀 흙 알갱이를 저주하면서,
이 버려진 곳을 떠나리라 다짐한다.

맨 처음 떨어지는 빗방울 소리를 듣는다.

꿈속의 낯선 사람이
문을 두드리는 것 같았고,
비가 모든 것을 바꿔버린다.
비가 지붕을 어르다가,
황사 가득한 함석지붕에 골을 만들다가
요란한 소리를 내며,
빗방울의 콘서트가
홈통을 넘쳐흐르고,
배수로로 쏟아지고,
바깥의 목마른 대지를 적신다.

월요일 새벽이
물안개에 싸여 움터온다.
나는 옷 단추를 채우고, 스웨터를 걸치고,
현관 밖으로 나서서,
얼굴을 안개 속으로,
축축한 안개의 피부 속으로 디민다.
내가 시내 쪽으로 걸어가는 동안
떨어지는 빗물 소리가 나를 감싼다.

속옷까지 젖은 채,
교문 안으로
들어가기가 싫고,
그냥 빗속에 서 있고 싶다.

월요일 오후,
조 데 라 플로어 씨가 솔질로 말의 먼지를 털어내고,
킹캐넌 씨는 64번 도로 위 진흙 구덩이에서 올즈모빌* 자동
차를 끌어내기 위해
아빠를 고용한다.

나중에
구름이 걷히자,
농부들은 자기 밭을 둘러보며
가냘픈 밀 줄기가 되살아나고 있기에
고개를 끄덕이고,
모든 사람이, 모든 것이, 이 순간을,
황사의 짓누름이
걷힌 이 순간에 감사해한다.

1935년 1월

---

* Oldsmobile: 제너럴 모터스에서 생산하던 중형 세단.

헤이든 P. 나이 씨

헤이든 P. 나이 씨가 이번 주에 죽었다.
손을 흔들던 그분이 기억나는데,
그분은 나의 피아노 연주 스타일을 좋아했다.

신문 보도로는, 헤이든 씨가 처음 왔을 때
보이는 건 풀뿐이었고,
풀과 야생마와 늑대들이 배회했었다고 한다.

그러다가 사람들이 들어오며 풀밭이 제거되면서
엄청난 밀이 들판을 황금색으로 바꾸었고,
헤이든 P. 나이 씨는
오클라호마주의 냄비 자루 땅을 꽉 쥐고서
내놓지 않았다고 한다.

철도가 들어오면서
철로가 거치는 땅을 헤이든 씨가 팔았고,
들소와 야생마들은 사라지게 되었다고 한다.

어떤 해에

헤이든 나이 씨는 햇볕이 자기네 곡식을 말려버리는 걸 보았고,

메뚜기 떼가 작물을 씹어 먹어버리는 것도 보았지만,

그러다가 비가 여러 해 내려주어

밀이 잘 자라고,

그의 주머니도 채워지고,

그의 큰 웃음소리도 쉽게 나왔단다.

사람들이 헤이든 나이 씨를 그의 땅에다 묻으면서,

그분의 뼈를 누이려고 더 많은 풀 잔디를 제거했다.

사람들이 그분 무덤 위에도 밀을 심게 될까,

한때 들소가

풀을 뜯던 그곳에?

1935년 1월

황사 긁어내기

크리스털 호텔을 지나가는데
짐 마틴 씨가 무릎을 꿇고 있는 걸 보았다.
그분은 지난 일요일에 내렸던 비와 황사가
버무려져서 굳어진 진흙을
긁어내고 있었다.

집에 돌아와서는
계단과
현관과
창문을 유심히 살펴보았다.
엄마의 눈으로 살펴보면서
엄마가 얼마나 나를 따라다니고 있는지를 생각했다.

엄마에 대해서 생각해보니
엄마는 옷을 빨았을 테고,
가구를 털었을 테고,
양탄자를 내다 널었을 테고,
마루를 문질러 닦았을 테고,
무릎을 꿇고,

손에 솔을 들고,
다음에 닥칠 황사에 대해
항상 노심초사하면서,
마치 농부가 풀 잔디를 걷어내듯
그 진흙 덩어리를 깨뜨렸을 것이다.

억척이었던 나의 엄마,
엄마는 지금도 그 모든 것을 반복할 거다,
내 동생 프랭클린도 돌보면서.
너저분한 꼴은 절대 못 보니까.
아빠는 말라붙은 흙딱지를 알아채지도 못한다.
굳이 내게 말한 적도 없거니와
요즘 들어 내게 어떤 것도 그닥 말하지 않는다.
엄마가 없는 지금,
꼭 그 진흙 덩어리를 걷어내야 한다면
그건 나의 몫이다.
모든 것에서 흙덩이를 긁어내는
손마디 부러뜨리는 그 일을
내가 싫어하지는 않지만,
매일
내 손가락과 손이
너무 아프다. 나는
그것들을 그냥 쉬게 해야겠다고,
황사도 내버려두고,

세상도 내버려둬야겠다고 생각한다.
그런데 그렇게 내버려둬 버릴 수가 없는 것은
계속 떠오르는,
엄마 때문이다.

1935년 1월

황사가 남긴 자국

아빠가 나를 응시한다,
식탁에 마주 앉아 있을 때,
내가 등을 돌리고
설거지통에 있는 그릇을 씻을 때,
군데군데 곪고 생채기 나서 아픈 손을.
아빠가 괴로운 눈빛으로 나를 응시한다,
설거지한 물을
엄마의 사과나무 뿌리에 쏟을 때도.

아빠는 힘든 나날을 보내면서
전기열차 회사 사람들이
아빠를 필요로 할 때면 땅을 파거나,
아니면 집에서
얼마 남지도 않은
밀밭을 돌보거나,
아니면 연못을 판다.

아빠는 가끔 중얼거리듯이 노래를 부른다,
요즘도,

그렇게 슬픈 일을 겪었는데도.
아빠는 남자다운 노래를 부른다,
우리에게 일어났던 사건으로 목소리가 잠긴 채.
엄마 목소리처럼,
프릴랜드 선생님 목소리같이,
매드 도그가 노래하듯,
노래가 가볍게 넘어가지 않는다.
아빠의 목소리는 가다 멈췄다 하는 게,
연료가 다 된 자동차 같고
먼지로 막힌 엔진 같지만,
그러다 아빠가 목청을 가다듬으면
노래는 다시 시작된다.

아빠는 눈을,
내가 그러듯이
손바닥을 뒤집어서 문지른다.
엄마는 결코 그런 적이 없다.
또 아빠는 윗입술에 묻은 우유를
나처럼
엄지와 검지로 닦는다.
엄마는 그런 적이 없다, 결코.

우린 별로 말을 하지 않는다.
아빠는 말수가 적다.

엄마의 죽음이 그런 모습을 바꾸지도 않았다.
아빠는 노래할 때만
소리를 꺼내는 것 같다.

엄마가 없는
아빠의 심정이 어떤지를
자꾸 생각하게 된다.
홀로 깨어나면, 그저
황사로 윤곽이 생긴
아빠의 형체만
침대에 남겨진다.
아빠는 항상 약간 엄마 같은 냄새를 풍기며
아침에 일어나서 처음 하는 일로,
엄마를 잠자리에 남겨둔 채
우유를 짜러 나갔다.
몇 분 후면 엄마는 발을 끌며 부엌으로 들어가,
게슴츠레한 눈으로
아침을 준비했다.
내 생각에 엄마는 결코
농촌에 살 사람은 아니었고,
한때는 더 큰 꿈이 있었는데,
아빠에게 맞추려고
자신을 변화시켜버린 것 같다.

이제 아빠에게선 황사 냄새랑
커피랑,
담배와 소 냄새가 난다.
엄마의 사향 같은 여자 냄새는 전혀 남아 있지 않다.

아빠는 나를 응시하는데,
어쩌면 엄마를 찾고 있는지도 모른다.
엄마를 발견하지는 못할 게다.
나는 아빠처럼 생겼고,
아빠처럼 서 있고,
아빠처럼
긴 다리 걸음으로
부엌 바닥을 걷는다.
나는 나 자신을 엄마처럼 바꿔버릴 수가 없다.

그럼에도, 거울 속 내 얼굴에서 엄마의 모습을 볼 수가 있으
면 좋겠다.
어떤 식으로든 엄마와
아기 프랭클린이
내 안에 살고 있다는 걸 알 수 있다면……

하지만 그런 일은 있을 수 없다.
나는 아빠의 딸이니까.

1935년 1월

대통령 무도회

온 나라에서,
생일 축하 무도회에서,
서로 팔짱을 끼고, 손에 손을 잡고,
쌍쌍이 춤을 춘다.

아빠는 가장 좋은 작업복을 입고,
나는 일요일 교회 갈 때 입는
하얀 칼라가 달린 옷을 입고는,
시내에 있는
향군회관으로 걸어가
춤을 춘다. 발이 날아다니듯
나랑 아빠는,
알리 원더데일 선생님과 블랙 메사 보이스의 음악에 맞춰서
마루 위를 빙빙 돈다.

10시에
알리 선생님이 피아노에서 일어나 발표하길,
소아마비를 위한 기부금이
그때까지 33달러 걷혔다며,

작년보다 조금 낫다고 한다.

지난해가 기억나는데,
엄마가 아직 살아 있었고 우린
임박한 아기의 출산으로 아주 들떠 있었다.
또, 내가 바로 이 자리에서 프랭클린 D. 루스벨트와
조이스시와
알리 선생님을 위해 연주했었다.

오늘 밤, 잠시나마
불빛 휘황한 이 댄스장에서 사람들은 한껏 자유롭게,
황사 걱정도 잊어버리고,
빚 걱정도 잊어버리고,
시든 밀밭 걱정도 모두 잊어버렸다.
밤이 다 가도록 나도 웃었던 것 같다.
아빠도 두 배로 웃었다.
그런 때가 있었다니.

1935년 1월

점심

오늘은 학교에서 아무도 배고프지 않게 생겼다.

정부가

고기 통조림,

쌀,

감자를 보냈다.

빵 가게는

빵을 잔뜩 보내오고,

또

스코티 무어 씨, 조지 놀 씨, 윌리 하킨스 씨가

우유를,

농장에서 곧바로 나온

신선한 크림 같은 우유를 가져왔다.

점심다운 점심을 먹어서

배가

부르니

오후부터는

공부할 맛이 났다.

어린아이들은 입가가 하얗게 되도록

마시고,

먹고,

또 먹어서,

책상에서 물러앉아야 할 만큼

배가 빵빵해져서,

그만 먹겠다고 선언했다.

여자애들 중 나이가 좀더 위인

엘리자베스랑 러레인은 프릴랜드 선생님의

요리를 돕고,

힐러리와 나는

음식을 나르고 설거지를 하는 동안,

우리의 귀에는 아이들의 만족에 찬 소리가 울려왔다.

1935년 2월

손님들

오늘 아침 교실에 가니,
우리가 알지 못하는 한 가족이 있었다.

그들은 어색해했고,
약간 겁먹었고,
어쩔 줄 몰라 했다.
남편과, 태어날 아기를 기다리는 만삭의 아내,

태어날
아기

어린아이 둘과
할머니.
그들은 지난밤에 우리 교실로 들어왔다.
철제 침대와
골판지 상자 몇 개. 그게 전 재산이다.
그들은 먼저 교실을 청소한 후에, 다시 정리를 해서
자신들이 있을 공간을 만들었다.

남편이 말했다. "전 일거리를 찾고 있어요.
간밤에 황사가 하도 고약해
이곳에서 당분간 가족이 지내기로 했습니다."

두 어린아이는 큰 눈을
프릴랜드 선생님에게서
자기네 아빠에게로 돌렸다.

"아내가 차가운 트럭에서 자게 할 수가 없습니다,
지금은요. 아기가 곧 태어날 테니까요."

프릴랜드 선생님은 그분들이 지내고 싶을 때까지
머물러도 좋다고 말씀하셨다.

1935년 2월

가족 학교

매일 우리는 수프 재료를 갖고 와서
큰 냄비에다 넣고 끓인다.
점심에 그 손님 가족,
황사와 대공황*을 피해 떠나와
우리 교실로 이사 온 이주 가족과 함께 먹는다.
우린 조심스럽게 조금씩만 먹으며,
그분들이 저녁에 먹을 수프가 냄비에 넉넉히 남아 있게 한다.

반 애들 중 몇은 애들에게 줄
장난감과 옷을 가져온다.
나도 동생을 위해 준비해두었던 몇 가지를 찾아서
학교로 가져갔는데,
무척 깜찍하고,
무척 희망에 부풀었던,
곡식 자루 천으로 만든 배냇저고리들이었다.

---

* 1929년 10월 말의 뉴욕 월 스트리트 주가 대폭락으로 시작되어 1930년대
말까지 지속된 경제 공황. 은행이 줄지어 파산하자 국가 산업과 농업 기반이
흔들리면서 실업자가 속출했다. 살길이 막막해진 가족들이 전국을 떠돌던 국가
재난 시대였다.

프랭클린은
엄마가 만든 배냇저고리를 한 번도 입은 적이 없다,
땅에 묻을 때 입힌 것 말고는.

그분, 버디 윌리엄스 씨는
학교 주변을 돌봐주시며,
창문이랑 문,
망가진 계단을 고치고
학교 운동장도 청소하는데,
운동장이 그렇게 깨끗한 적이 없었다.

할머니는 아이들을 돌보며,
황사가 불지 않을 땐 밖으로 데리고 나가
학교 뒤편
들판에서 회전초*를 쫓아다니게 놔두지만,
황사가 불 때면
그들 가족은 교실 안에 마련된 방에 앉아,
프릴랜드 선생님의 수업을
바로 우리 곁에서 함께 듣는다.

1935년 2월

---

* 뿌리에서 분리되어 바람에 굴러다니는 식물의 지상 부분. 굴러다니며 사방
에 씨를 퍼뜨린다.

출산

어느 날 아침 학교에 도착해보니
프릴랜드 선생님께서 애들은 밖에 있으라 하시면서,
아기가 나올 테니
출산이 끝날 때까지
아무도 건물 안에 못 들어간단다.
나는 엄마 생각이 나고
엄마의 출산이 어떻게 되었는지도 떠오른다.
애들이 못 들어가게 막아선 채 뒤에서 나는 소리에 귀를 기
울이면서,
아기의 울음소리가
세상으로 나오길,
내 동생이 세상으로 끌고 나왔던
침묵이 아니길 기도한다.
마침내 울음소리가 나고
나는 잠시 자리를 떠나
걸으면서 마음을 가라앉힌다.

프릴랜드 선생님이 종을 치며 우리를 불러들였지만
나는 아직 돌아갈 기분이 아니다.

나는 돌아와서,

그 여자아이가 얼마나 건강한지 들여다본다. 얼마나 완벽한

지도,

그 애가 내 동생 것이었던

곡식 자루 배냇저고리를 입고 있는 것도 살핀다.

1935년 2월

가야 할 시간

그분들은 아기가 태어난 지 두어 주 만에,

그 녹슨 고물 트럭 안에 모두가 구겨 타고서 떠났다.

나는 그들을 따라잡으려고 먼지를 둘러써가며 몇 백 미터나

뛰었다.

그 아이를 보낼 수가 없었다.

"기다려주세요"라고 외치는데,

차가 일으키는 먼지에 목이 막혔다.

그래도 그분들은 내 소리를 듣지 못했다.

그분들은 서부로 갔다.

그리고 아무도 돌아보지 않았다.

1935년 2월

밀주가 가져다준 달콤한 것들

애슈비 더윈은
친구 러시와
시머론강 가에서 대단한 사업을
벌이고 있었는데,
그 강에서 아직 강물은 조금 흐르지만,
표면에 떠다니는 황사 때문에
물고기는 대부분 죽었다.
애슈비와 러시가 강둑에 설치된
아주 큰 무쇠 증류기에서 밀주를 빚던 도중,
로버트슨 보안관이 그들을 체포했다.
많은 완성품 위스키 항아리랑,
줄줄이 늘어선 누룩 통,
호밀 두 포대,
그리고 설탕도 발견했는데,
설탕이 4백 킬로그램이 넘었다고 한다.

연방 경찰이 애슈비와 러시를 이니드시로
법을 어겼으니까 끌고 갔는데,
로버트슨 보안관은 뒤에 남아

증류 시설을 파괴하고,

위스키와 누룩을 쏟아버리고,

설탕의 처리를,

그 많은 설탕, 반 톤에 달하는 설탕의 처리를 고민했다.

보안관의 결정은

그것을 그냥 버리기보다는

우리 아이들 입에다 넣어주는 게 좋겠다는 거였다.

그분이 말하길, "아이들에게 만들어주세요, 프릴랜드 선생님,

케이크랑 과자랑 파이를요,

커스터드랑 코블러랑 크리스프를 만들어 먹이고,

사탕이랑 태피랑 사과파이도 만들어주세요."

사과파이!

로버트슨 보안관의 말씀이,

"이 애들은

뭔가 단것을 먹어서

황사가 섞인 우유를 씻어 내려야 합니다."

그래서 우린 그렇게 했다.

1935년 2월

꿈

매일 수업이 끝난 후에,
매일 아침 수업이 시작되기 전에,
나는 학교 피아노 앞에 앉아
내 손을 단련시킨다.
아픔을 무릅쓰고,
뻣뻣함과
흉터를 무릅쓰고.
내 손이 피아노를 연주하도록 강요한다.
내가 가장 자신 있는 곡을 거듭해서
팔이 쑤시도록 연습하는 것은
목요일 밤에
팰리스 극장에서 대회가 열리기 때문이다.
남녀노소 누구나
노래를 부르든,
춤을 추든,
낭독을 하든,
뭔가 장기가 있다면
무대에 오를 수 있다.
그냥 오후 4시까지 등록하고

자신이 할 수 있는 것을 살짝 선보이면

입장할 수 있고,

관중 앞에서 공연을 펼치며

헤이즐 허드 플레이어스*를 보러 온 관객들의

분위기를 띄운다.

난 내가 연습을 충분히 하면

스스로 부끄럽진 않을 거라고 생각한다.

또한 상을 받게 되면

상금도 도움이 될 거다.

일등은 3달러,

이등은 2달러,

삼등은 1달러.

내가 등수에 들 수 있을지는 잘 모르겠지만,

연연하진 않는다.

무엇보다 내가 원하는 건 연주이고,

알리 선생님이 나에게 핑계 대지 않도록

내가 아직도 연주를 할 수 있다는 걸 증명하는 것이다.

내겐 음식보다 더한 것에 대한

갈망이 있다.

내겐 조이스시보다 더 큰

갈망이 있다.

사람들이 매드 도그 크래덕을 볼 때처럼

---

* Hazel Hurd Players: 1920~30년대에 미국 전역에서 활동했던 재즈 가수 그룹.

나를 보며 할 말을 잊은 채
눈만 반짝이는 모습을 보고 싶다.
물론 흉터로 뒤덮이고,
땅거죽같이
바싹 말라 울퉁불퉁 갈라진 내 손으로는
그런 일은 일어나지 않을 테지만,
내가 제대로 연주를 한다면
사람들은 지난날의 내 손을 기억해줄지도 모른다.
어쩌면 사람들은 다시 나를 편하게 대해줄지도 모르고,
아마도 그렇게 되면
나도 나 자신을 편하게 대할 수 있을 것이다.

1935년 2월

경연

아마도 조이스시와 그 너머,
펠트와
키스,
그리고 가이먼까지 이르는 지역의 모든 사람이,
목요일 밤
팰리스 극장의 대회를 보러 몰려온 것 같다.

무대 뒤에서
열일곱 팀의 우리 아마추어 공연자들은
가슴이 뛰고,
입술이 마르고,
머리부터 발끝까지 모든 걸 다
드러내고픈 열망에,
그 유명한 헤이즐 허드 플레이어스
앞에서
안타까운 모습을 보였다.

하지만 그분들은 친절하게도
우리들의 분장과 머리단장을 도와주고,

무대에서 서야 하는 곳이라든가
인사하는 법,
화장실에 가는
지름길도 알려주었다.

관객은 닫힌 커튼의 반대편에서
웅성거렸고,
아이비 헉스퍼드가
줄곧 그쪽을 훔쳐보며
누가 거기에 와 있는지 알려주면서,
펠리스 극장의 좌석이
그렇게 많이 찬 것을 본 적이 없는데,
자기 생각에
방울뱀 한 마리가
한 사람분의 입장료를 낸다 할지라도
맨 뒤에다
끼워 넣기조차 힘들 정도로
극장이 아주 꽉 찼다고 했다.

아빠는 일이 끝나는 대로
오겠다고 했다.
아마 오셨을 거다.

그로버 보이 팀이 먼저 무대를 열었다.

그들은 마법을 부리는 것 같았는데,

베이비가 색소폰을,

제이크가 밴조를,

벤이 클라리넷을 연주했다.

베이커 씨 가족이 다음 차례였는데, 마치

집에서 매일

저녁 식사 후 연주하는 것처럼 했다.

전혀 긴장한 것 같지 않았다.

탭 댄서들은

턱 속 이빨이랑

두개골 속 눈알을 덜그럭거리면서,

발이 날아다니고,

팔이 흔들거리고,

입이 벌어졌다.

다음 팀의 서니 리 핼럼은

무대에서 구르고 뛰고 했는데,

몸에서 땀이 튀어

펠리스 극장 바닥에 뿌려졌다.

마시 워턴이 열심히 아코디언으로

그 무대를 이끌어 나갔다.

조지와 애그니스 하킨스 팀은 손가락으로 하프 줄을 뜯었
는데,

사람들이 하늘을 올려다보며

천사를 찾게 만들었지만,

머리 위에는 그저 무대 장치와
조명과
밧줄과 모래주머니만 달려 있을 뿐이었으며,
그러고는 내 피아노 연주 차례였다.

나는 무대 뒤편 중간쯤에 놓인 피아노로 걸어갔는데,
내 차례가 올 때까지
한 팀씩 공연을 마칠수록 점점 더 초조해졌다.
「바이, 바이, 블랙버드」를 내 멋대로
연주했는데,
박자가 어긋났고
첫 부분은 마치
팔꿈치로 연주한 것 같았지만
중간 부분은 괜찮은 것 같았고,
끝부분에서는
꽉 찬 팰리스 극장의 관중 앞에서
연주를 하고 있다는 사실조차 까먹었다.
나는 음악 속으로 푹 빠져들어서
아무것도,
박수 소리가
터진 후까지도 느끼지 못했고,
그리고 그제야 두 손이
어깻죽지까지 아프다는 걸 깨닫기 시작했다.
하지만 그 갈채가

통증을 잊게 만들었고,
연주를 마치자
청중이 기립했다.
나는 삼등으로
1달러를 받았으며,
매드 도그 크래덕의 노래는
이등을 했고,
벤 그로버 씨는
신나는 클라리넷 연주로
일등을 했다.

탭 댄스 그룹은 거울 앞에서 입을 삐죽거리며
얼굴의 분장과 미소를 지웠다.
버디 재스퍼가 주장하기를,
자기가 상을 못 탄 것은 모두 내 탓이라면서
심사위원들이 불구자에게 선심을 베풀었다고 했지만,
하프를 연주한 하킨스네는 친절했고,
헤이즐 허드 플레이어스는
긴 팔들로 나를 감싸주면서
내가 아주 잘했다고 말해주었다.
후덥지근하고 어둡고 혼란스러운 무대 뒤에서
나는 팔을 오르내리는 통증을 참으며
내가 대단한 무언가의 일부분이라는 느낌이 들었다.
그러나 주최 측은 나의 상장과 상금을

아빠에게 드려야 했는데,
나는 아무것도
손에 쥘 수가 없었기 때문이다.

1935년 2월

피아노 연주자

알리 선생님이 말하길,
"우린
일주일 뒤에 학교에서 공연을 할 거야, 빌리 조.
우리랑 함께 가서 연주하자."

아빠에게 물어본다면
그러라고 할 것이다.
내가 연주하고 싶어 하면 아빠는 상관하지 않는다.
아빠는 내가 다시 피아노 앞에 앉는다는 걸
요전날 밤에야 알게 됐다.
내가 팰리스 극장에서 아빠를 자랑스럽게 해드린 이후로,
아빠는 나랑 잘 지내보려고
무척 애쓰는 중이다.

하지만 나는 "못 해요"라고 대답한다.

대회가 끝난 지 너무 금방이다.
상처가 아직 너무 아프다.

알리 선생님은 납득하지 못한다.
"연습을 더 해.
네 실력을 되찾을 테고,
네가 원한다면
이번 여름에 우리랑 다시 여행도 할 수 있을 거다."

음표 하나를 칠 때마다 땅이 갈라지는 것처럼 아프다는 것을
나는 말하지 않는다.
코드 하나만 쳐도
두 손이 며칠 동안 아파서 비명을 지르게 된다는 것도
말하지 않는다.
나는 부은 손이나
눈물을
선생님께 보이지 않는다.

난 그분께 말한다. "해볼게요."

집에서, 나는
엄마의 피아노 앞에 앉아,
건반에 손대지 않는다.
이유는 모르겠다.

나는 마음속으로 「폭풍의 날씨」를 연주하면서,
상상으로 악구를 따라가며

힘을 아껴,

엄마 것이 아닌 다른 피아노 앞에 앉게 될 때에,

알리 선생님의 공연을 보러

모든 사람들이 학교로 몰려올 때에,

아무도

빌리 조 켈비가 불구자처럼 연주한다고 말하지 못하게 할
테다.

1935년 3월

엉망

난 정말 알리 선생님의 공연에서 불구자처럼 연주했다,
선생님이 그렇게 말한 적은 없지만.
내 손은 이제 끝장,
내 연주는 엉망이다.
선생님도 알고 있는 것 같다.
다시는 내게 부탁해 오지 않을 것이다.

1935년 3월

눈

어제 아침에
확인해보고
땅에 덮인 게
황사가 아니라
눈이란 걸
알았더라면.
하지만 먼지 더미를
뭉친다 해도
외양간 벽에다 던져
들판을 가로지르는 메아리를 만들 수 없다.
그래서 그게
눈이었다는 걸 알게 된다.

1935년 3월

야간 학교

아빠는 어쩌면 야간 학교에
다녀야 하는 게 아닌지 모르겠다고 생각하는데,
만약 농사가 실패하면
기댈 구석을 마련해야 한다는 거다.
아빠 이야기는 이제 엄마처럼 들리기 시작한다.

내가 말하길, "농사는 실패하지 않을 거예요,
비가 잘 와준다면요."
내 말은 아빠처럼 들리기 시작한다.

아빠가 말한다. "교실에는 대부분이 여자들이야.
그 사람들은 부기와 행정실무나
비즈니스 영어 같은 과목을 듣지."

난 아빠가
그런 과목을 수강하는 게 상상이 가지 않는다.
하지만 어쩌면 아빠는 수업에는 별로 신경 쓰지 않는지도 모
른다.
어쩌면 여자들과 어울리고 싶은지도 모른다.

단언컨대 여자분들이 아빠랑 어울리는 걸
싫어하지는 않을 텐데,
아빠는 아직 인물이 좋고
든든한 체격에,
금발빛 빨간 머리와
바람으로 거칠어진 높은 광대를 갖고 있다.

나 또한 싫지 않다.
특히 저녁밥을
마련할 필요가 없는데,
그 여자분들이 아빠에게 치킨과 비스킷을 가져다주기 때문
이다.
난 요리에서 벗어나는 게 기쁘다.
때로 내 손으로는
불을 지피고,
팬을 씻고,
칼을 잡고, 버터 조각을 바르기가 힘들다.
하지만 난 아빠가 그 말 많은 여자들과
어울리는 건 싫다.

아빠가 나가는 순간 나는 돌아서서,
거실로 가
엄마의 피아노에 손을 댄다.

나의 손가락이 황사 먼지에
한숨 자국을 남긴다.

1935년 3월

.

황사 폐렴

지지난 금요일에,
피트 가이먼 씨가 트럭에다
식품을 가득 싣고 왔다.
그분은 하들리 씨의 아들인
캘브 하들리와 농담을 주고받으면서
계란과 크림을
가게에 내렸다.
피트 가이먼 씨는 와일드캐츠 팀이 후커 팀에게 졌다고
캘브 하들리를 놀렸다.
캘브 하들리는 피트 가이먼 씨의 헐떡거리는 트럭이
황사를 빨아들인다고 놀렸다.

지난 금요일에,
피트 가이먼 씨가 황사 폐렴에 걸렸다.
길가의 식품 트럭을 어떻게 할 건지 아무도
대책이 없었다.
트럭은 서버렸고,
칠면조와 살찐 닭을 가득 실은 채
배달을 기다리며

그분의 외풍 심한 오두막 앞에 서 있었는데,
아직도 그 자리에 서서
크림은 응고되고,
사과는 물러간다.

왜냐하면 몇 시간 전에,
피트 가이먼 씨가 죽었기 때문이다.
하들리 씨는
저녁이 되기 전에,
이미 다른 식품 업자에게 전화를 해두었다.
그분 가게에 사람들이 왔는데
팔 물건이 없었다.

그분 아들, 캘브는
집 벽에다 농구공을
엄마가 그만하라고 고함칠 때까지 던져댔고,
그날 밤늦게 트럭 한 대가 덜컹거리며 그 가게로 왔으니,
색색의 스프링 부품과
닭 수십 마리와
지저분한 달걀,
그리고 어린 캘브 하들리나
그 애가 좋아하는 와일드캐츠 팀에는
전혀 관심 없는 운전수가 있었다.

1935년 3월

황사 폭풍

나는 만약 이런 폭풍이 오는 줄 알았더라면
그 쇼에 가지 않았을 것이다.
들어갈 때는 몰랐다가,
나올 때에야
일찍이 본 적 없는 어두운 밤을 마주했다.
팰리스 극장 문 옆에 있는 상자에 부딪쳐서
정강이가 까지고
길에 놓인 무언가에 걸려서 엎어졌는데,
그게 뭔지는 모르겠고,
전봇대를 들이받아
뺨에 멍이 들었다.

가다가 처음 마주친 차는 갓길에 있었다.
황사를 피하느라
머리를 숙이고 눈을 거의 감은 채여서,
코앞에 가서야 전조등이 보였다.

운전자가 나를 불러서,
목소리가 나는 쪽으로 더듬으며 다가갔다.

그분은 내가 어떻게 길을 따라가는지 물었다.
나는 거센 바람에다 대고
고함을 질렀다. "발로 더듬어 가요.
전 길 가장자리를 따라 걸어요.
한 발은 도로에 올리고, 한 발은 갓길에 올린 채로요."
집에 가고 싶어 안달이 난 그분은,
차를 빼내서는
양쪽 바퀴를 각각 도로 위와 밖에 걸친 후,
천천히 출발했다.

나는 계속 걸었다. 도로에 다른 사람들도
있을 터였고,
때때로 누군가가 비명을 지르는 소리가 들렸는데,
마치 울부짖는 바람을 타고 오는 귀신 소리 같았다.
아무도 앞을 볼 수 없었다. 나는 근처에 있는 집으로 들어가
겨우 한숨을 돌리고
시내를 벗어나
우리 농장을 향해 갔다.
사람들이 모두 그냥 있으라고 했지만
내 생각에
내가 보이지 않으면
아빠가 나를
찾아 나서서는,
극심한 황사 속에서

길을 잃고 헤매다 죽을지도 모를 것 같았고,
난
그런 죄책감을 가슴에 떠안고 싶지 않았다.

갈색 흙이
하늘에서 쏟아져 내렸다.
황사가 나의 숨통을 조르며
멈추지 않아서
숨을 쉴 수가 없었다.
황사가 너무 빽빽이 불어닥쳐
눈에 생채기를 내고
연약한 피부를 파고들고,
코를 메우고 입안에 들어찼다.
입술을 아무리 다물어도
황사가 흘러들어 와서
내 혓바닥 위에 진흙길을 냈다.

그래도 나는 계속 걸으며
황사를 뱉어내고,
입을 막고,
코를 꽉 잡고,
황사가 내 손의 아물지 않은 흉터 틈을
파고들어 쑤시는 가운데,
세 시간쯤 뒤에야 집에 도착했다.

집에는 아빠가 남긴 쪽지가 있었는데,

나를 찾으러 나가니

내가 집에 도착했다면 꼼짝 말고 있으라는 것이었다.

나는 현관에서 아빠를 부르고

집 뒤에서도 불렀다.

아빠는 듣지 못했고,

아빠가 들을 것 같지도 않았다.

바람이 내 목소리를 접수해서는

산산이 깨부순 탓에,

너무 작아진 나머지

그 소리가

엄마와 프랭클린의 무덤 너머로,

한숨보다 더 작게 흩어졌다.

밤새도록 아빠가 돌아오시길 기다리면서, 황사를

기침으로 뱉어내고,

귀에서 쓸어내고,

입을 헹구고, 코를 풀어 진흙을 빼냈다.

조 데 라 플로 씨가 4시경에 들러서

남자애 한 명이 철조망 울타리에 엉켜 있는 걸 보았다고 말

해주었는데,

황사에 질식한 또 다른 희생자였다.

그분이 나간 후에 나는 그 유명한 린드버그 씨를 떠올렸고,
그의 아기가 어떻게 살해되어 영영 부모에게 돌아오지 못했
는지 생각했다.*
아빠가 돌아오실지 알 수 없었다.

아빠는 오전 6시쯤 바람에 밀려 들어오셨다.
황사를 뒤집어써서 갈색이 된
아빠 모습에
가슴이 아팠는데,
눈은 날고기처럼 붉어지고,
발은 낡은 신발로 걸으며
안 보이는 곳을 디디다
살이 여기저기 찔리고 찢겨 상처투성이였다.

뭔가 먹을 것을 마련하려 했지만,
식탁에서 황사를 치울 수가 없었다.
아침밥으로 올리는 건
무엇이건
한 입을 넣기도 전에 황사에 덮였다.
그래서 우린 모래를 씹어서 삼키는 가운데

---

* 1932년, 최초의 대서양 무착륙 단독 횡단에 성공한 비행사 찰스 린드버그의
20개월짜리 아기가 납치되어 살해된 사건을 일컫는다.

나는 폐에 황사가 차서 죽은
소들이 생각났고,
운전대까지 파묻힌
트랙터와
피트 가이먼 씨도 생각났고,
내 앞에,
의자에 쭈그리고 앉아,
붉은 머리카락은 황사 탓에 잿빛으로 뻣뻣해지고,
얼굴은 황사 자국이 깊게 파이고,
이빨은 황사로 갈색 띠를 두른 사람을
알아볼 수가 없었다.
나는 접시와 유리컵을 뒤집어놓고,
침대로 기어들어서는 잠이 들었다.

1935년 3월

빗나간 기대

비가
쪼끔
사방에
이곳만 빼고 왔다.

1935년 3월

엄마 없이

언젠가는 엄마가 내 어깨를 감싸준다면,
내 머리를 빗어 넘겨준다면,
부드러운 목소리,
안심시키는 목소리로 노래를 불러 나를 재워준다면,
아무리 사는 게 불안정하고 고통스러워도,
아무리 엄마가 불안정하고 고통스러워도,
여전히 엄마는 나를 사랑하는 엄마이고,
그러면 나는 그렇게까지 떠나고 싶지는 않을 거라 생각한다.

1935년 3월

남편을 뒤따라

헤이든 팔리 나이 씨의 아내
폰다가
오늘,
남편을 여읜 지 두 달 만에 죽었다.

사망 원인은
황사 폐렴이었지만,
나는
그분이 남편 없이 살아가긴 힘들었을 거라 생각한다.

엄마가 돌아가셨을 때,
나도 계속 살고 싶지 않았다.
모르겠다. 지금은 그때 같지는 않고,
아주 똑같지는 않다.
이제 하루가 가면
또 다른 하루가 오고,
내가 그 시간을 하나씩
헤쳐 나가는 거라는 걸 알기 때문에.
하지만 난 떠나고 싶은데,

폰다 나이 씨와 달리,
죽고 싶지는 않고
그냥 떠나고 싶다,
멀리
황사를 벗어나서.

1935년 3월

1935년 봄

가슴앓이

내가 괴로운 것은, 다른 건 다 제쳐놓더라도
나를 좋아해 주길 바라는 남자애가 있다면,
그건 매드 도그 크래덕이라는 사실이다.
하지만 매드 도그는 모든 여자애들이 좋아한다.
그런 그가 왜 나를 원하겠는가?

난 아주 초조하다.
아빠는 내게 왜 그러느냐고 묻는다.
나는 2층 내 방으로 휙 올라가버리며,
아빠 홀로 부엌에 서 있게
내버려둔다.
엄마가 계신다면
올라와서 들어줄 텐데.
그러고는 좀 지난 다음,
아빠 곁에 웅크린 채
별문제 아니라고 안심시키고,
아빠가 농부의 잠을 잘 수 있게 달래줄 것이다.

아빠와 나는,

서로에게 위안이 될 수가 없다.
나는 너무 어리고
아빠는 너무 나이가 많아서,
얘기를 한다 해도
우린 어떻게 서로 대화를 나눠야 할지 알지 못한다.

1935년 4월

피부

아빠에겐 코 옆쪽에
부푼 반점이 있는데,
전에는 분명 없었던 거지만
사라지질 않는다.
뿐만 아니라 뺨에도 하나,
목에도 두 개 더 있고,
그래서 내가 걱정하는 건
도대체 아빠는 왜 바보같이 시간만 낭비하냐는 것이다.
아빠는 그게 무언지 알고 있다.
아빠의 아빠도 그런 반점이 있었다.

1935년 4월

후회

난 이제 더 이상 알리 선생님께 가지 않는다.
그럼에도,
매주
그분은 수업하러 학교에 오고
가끔
나는 베라 사모님이나
밀러 라이스,
매드 도그와 마주친다.

그분들은 항상 친절하다.
아빠의 안부를 묻는다.
내 손 감각이 어떤지도 묻는다.
나는 팔짱을
단단히 끼면서
흉터가 보이지 않게 한다.

요즘 매드 도그가 나를 보는 태도는
싸움을 걸거나 친절을 베푸는 것의 중간쯤이다.
어쩌다 오후에 그는 나와 거리를 함께 걷는다,

한마디 말도 없이.

다른 여자애들이 사라지면 그는 더 말이 없다.

난 말 없는 사람에게 신물이 났다.

매드 도그를 피해야겠다.

그런데도 난 그러지 않는다.

1935년 4월

철로 위의 화재

나는 불이 싫다.

정말 싫다.

그런데 오클라호마주의 팬핸들 지역이 너무 건조한 나머지,

모든 게 불타오르고,

모든 것에 쉽게 불이 붙는다.

지난주에는

학교에 불이 났다.

빨리 잡혔기 때문에

피해는 크지 않았다.

이튿날 애들이 대부분 그 사건을 두고 농담을 했지만,

나는 겁을 먹었다.

학교에 들어가기가 싫었다.

이번 주에는

유개화차 세 량이

차량기지에서

불에 타 재가 되었다.

짐 고인 씨와 해리 케슬러 씨가

불을 발견했는데,

그 당시

극렬했던 황사 폭풍을 생각하면

그건 기적이었다.

소방관들이

황급히 달려왔지만,

불길을 잡으려면 물이 필요했고,

끌어댈 물이 없었다.

그래서 소방관들은 불타는 차량들을 분리해서

철로의 측선 아래로 치워,

불씨가 튀어서

잡동사니에 옮겨붙지 않도록 떨어뜨렸다.

학교에서는 모두들 불 이야기뿐이었다.

사람들 말이,

황사가 불어서

불길이 잡혔다고 생각했는데도,

불꽃이

바람을 타고 강렬해져,

세 유개화차의 목재 골조에

옮겨붙어서,

모든 것을 태우는 바람에 남은 것은 휘어진 철물과

뒤틀린 레일,

그을린 땅바닥,

숯이 된 철사뿐이었다고 한다.

아무도 내 면전에서는

불 이야기를 하지 않는다.

불이 어떻게 내 인생길을 바꾸었는지를 아니까.

그래도 난 사람들이 말하는 걸 듣게 된다.

1935년 4월

우편 열차

일기예보는
비,
더위,
눈,
구름 상태 등을 예측했지만
황사에 대한 예보는 없었다.

그래서 우편 열차가
몇 시간이고,
며칠이고,
샌타페이에 멈춰 있었는데,
산더미 같은 황사가
선로를 덮고,
황사 폭풍이
길을 막았기 때문이다.

그렇게,
황사가 차량에 내려 쌓이는 동안,
편지 한 통이 우편 자루 속에서 기다리고 있었다.

아빠의 누나, 엘리스 고모가
내게 보낸,
러벅에서 고모와 함께 살자는 편지.
난 이곳을 벗어나고 싶지만,
엘리스 고모 곁,
텍사스의 러벅은 아니다.
내가 어떻게 해야 할지
물어보았을 때 아빠는 별말씀이 없으셨다.
"기다려보자."
이렇게만 말씀하셨다.
그게 대체 무슨 뜻일까?

1935년 4월

떠도는 사람들

비가 오면 돌아올 거라고
그분들은 말하면서,
자동차의 스프링들이 견디지 못할 정도로 잔뜩,
가진 것을 모두 싣고 떠난다.
우릴 잊지 마세요.

그렇게 떠나며
불어대는 황사를 뒤로하고,
끄트머리에 황사를 노랗게 덮어쓴 채
겨우 발목 정도밖에 자라지 못한,
강아지 배털처럼 성긴 밀밭을 뒤로한다.

우린 돌아올 거라고 말하면서,
텍사스주나
아칸소주에 있는
농장을 임대하여
돈을 제법 벌고,
어쩌면 다시 시작할 수 있는 곳으로 떠난다.

비가 오면 돌아올 거라고
말하면서,
침대 스프링박스와 매트리스,
요리 스토브와 그릇가지,
식탁을 싣고,
젖산양을
부서질 듯한 우리에 넣어
차의 발판에 붙들어 매고는,
캘리포니아를 향해
출발하는데,
그들은 돌아올 거라 말은 하지만,
캘리포니아에 대한 소문이 사실이라면
그냥 거기 눌러앉게 될지도 모른다.

우릴 잊지 말아달라고 말한다.
하지만 그렇게 많은 사람들이 떠나는데,
어떻게 내가 모두를 기억할 수 있을까?

1935년 4월

암흑의 장막

첫번째 맑은 날
우린 황사의 굴에서 비틀거리며
햇빛 아래로 나와,
얼굴을 드넓고 푸른 하늘로 돌렸다.

두번째 맑은 날
마침내 최악의 상태가 끝났다고
우린 믿었다.
우린 밖으로 몰려나와,
시내에서
상점을 들락거리며 거래를 하면서
공기가 깨끗하고
평온하다는 것을 확인하고,
매 숨결이 한결 편해졌음에 감사했다.

세번째 맑은 날
4월인데도 여름이 와서
교회가 문을 활짝 열어 모든 사람을 불러들이자
모든 사람이 모여들었다.

예배가 끝난 후,
사람들은
소풍을 가거나
차로 여행을 떠났다. 아무도 집에 남으려 하지 않았다.

아빠와 나는 루커스 할머니의 장례식을 두고
언쟁을 했는데,
그분은 사실 친척이 아니다.
그럼에도 우린 어쨌든,
장례 행렬을 따라 텍스호마까지 차를 몰고 가게 되었다.

마을을 떠나 10킬로미터쯤 갔을 때 공기가 차가워지더니,
눈길이 미치는 어느 곳에서건
새들이 푸드덕거렸고,
모든 새 떼가
하늘에서 떨어져 내리면서
울타리 기둥에 모여 앉았다.
나는 샐쭉한 채로 아빠 곁에 앉아 있었는데,
바로 그때
하늘의 그림자가 평원을 가로질러 왔으니,
몬태나주만큼이나 크고 고요한
검은 구름이,
지평선 위에서 부글거리다가
우리를 향해 질주했다.

더 많은 새들이 미친 듯이 황사를 앞지르면서
하늘에서 떨어졌다.

우린 황사 폭풍이 햇빛을 삼켜버리는 광경을 바라보았다.
하늘이 푸른색에서
검정으로 바뀌며,
순식간에 밤이 내려앉고
황사가 우리를 덮쳤다.

바람이 비명을 질러댔다.
날리는 황사가
어찌나 짙던지,
우리가 트럭에서 허겁지겁 내려
도망치는 동안에
내 모자의 챙조차 보이지 않을 정도였다.

황사가 전에 없이 심하게
떼 지어 몰려왔다.

아빠가 내 손을 더듬어 잡고,
트럭에서 나를 끌어냈다.
우리는 뛰었고,
작은 오두막집을 피난처로 바라고 필사적으로 뛰면서
앞이 거의 보이지 않는 가운데,

서로의 손을 꼭 잡고
유령처럼 서 있는 집의 문을 향해 뛰어가,
필사적으로 문을 두드렸다.

어떤 부인이 문을
우리 모두에게,
아빠와 나뿐만 아니라
장례 행렬 전부에게 열어주었고,
하나둘씩
우린 안으로 헐레벌떡 들어가 숨을 헐떡였는데,
폐가 공기 부족으로 타 들어갔다.

어둠 때문에 모든 등을 켜야 했고,
황사 때문에 얼이 빠진 집이,
힘없이 밖을 내다보았다.
울부짖는 바람에 벽이 흔들렸다.
우린 침대 시트로 창문이며 출입문을 막아
황사를 차단하는 일을 도왔다.

승용차와 트럭들이
정전기 때문에 시동 장치가 합선되어
더 이상 움직일 수 없었기에,
더 많은 승객들이 차 밖으로 나와
피할 곳을 찾아 헤맸다.

한 가족이
서로를 꼭 붙잡고 들어왔는데,
그네 아빠가, 긴 나무 막대기로
길을 더듬어 찾아왔다.

사람들이 함께하지 않았더라면
이 폭풍이 우릴
완전히 망가뜨렸을 테고,
쟁기가 오클라호마 떼잔디를 망가뜨린 것보다
더 철저히,
화재가 내 손을 불편하게 만든 것보다
더 철저히 우릴 망가뜨렸을 것이다.
그러나 함께한 사람들과
우리에게 피난처를 제공한 집주인의 친절 덕분에,
우린 버티고
기다리며,
앉았다가 섰다가 하면서 젖은 수건을 코에다 대고 숨을 쉬는
사이,
황사 연무가 방에 들어차며
우리 위로 서서히 내려앉았다.

황사가 조금 사그라들자
몇 사람이 루커스 할머니를 매장하러 떠났지만,
아빠와 난,

트럭에 두텁게 쌓인
황사 더께를 치우고,
장례 행렬을 빠져나와 집을 향하여,
황사가 둔덕을 이룬 길을 엉금엉금 기어갔다.

집에 돌아와보니
외양간 절반이 모래언덕에 묻혀 있었고,
어느 둔덕이 엄마와 프랭클린의 무덤인지를
알아볼 수가 없었다.
앞문은 열려 있었는데,
바람이 밀고 들어온 것이었다.
물결 진 황사가 2피트 두께로
거실 바닥을 메웠고,
황사가 요리 스토브,
아이스박스,
부엌 의자,
모든 것을 깊이 뒤덮었다.
그리고 피아노는……
황사에 묻혔다.

내가 삽질을 하는 동안,
아빠는 외양간으로 갔다.
돌아오시자 내가 물었더니, 아빠 말씀이
가축들 상태가

좋지 않고,
트랙터에서 황사를 떨어냈다고 하셨다.
내가 말했다. "신기해요,
트럭이 움직여 집까지 왔다는 게."
난 입을 다물었어야 했다.
아빠가 트럭에 다시 시동을 걸었더니,
엔진은 돌아가지 않았다.

1935년 4월

방문

매드 도그가
황사 폭풍이 지나간 후
우리가 어떻게 지내는지 보러 들렀다.

그는 내게 관심이 있어 온 게 아니었다.
그런 뜻이 있을 것 같지는 않았다.

그는 한 시간 넘게 머물렀다.
블랙 메사*가 보일 만큼 하늘이 맑았다.
그에게 아빠의 연못을 보여주었다.

그는 애머릴로로 가서
라디오 방송국에서 노래를 부를 건데,
잘 부르게 되면
그곳에서 일거리를 줄지도 모른다고 했다.

---

* Black Mesa: 메사mesa란 꼭대기가 평평하고 가장자리가 급경사를 이루는 탁
자 모양의 지형으로, 블랙 메사에는 오클라호마주에서 가장 높은 지점(1,516미
터)이 있다.

"농장을 떠난다고?" 내가 물었다.

그가 끄덕였다.

"학교도 그만두고?"

그는 어깨를 으쓱했다.

매드 도그는 모래밭에서 노는 아이처럼,

흙을 한 줌 집어 올렸다.

그가 말했다. "난 이 땅을 사랑해,

무슨 일이 있어도."

그의 손을 보았다.

흉터없이 말끔한 손이었다.

매드 도그는 예정보다 더 오래 머물렀다.

그는 시간이 늦었음을 깨닫고는 자기 아버지 농장으로

달려서 되돌아갔다.

그가 디딘 곳마다 황사가 일어,

그가 가고 난 후에도 오래도록

그의 자취를 남겼다.

1935년 4월

기괴한 쇼

캐나다에서 온 남자,
제임스 킹즈베리는
한참 북쪽에 있는 온타리오주의
『토론토 스타』지의 사진기자다.
디온 다섯 쌍둥이를
가장 먼저 찍은 이 사람은,
고향을 떠나
조이스시로
또 다른
특이한 사진을 찾으러 와서,
가뭄과 황사 폭풍을
찍겠다는 기대를 했고,
그리고 실제로
빌 로터도 씨와
핸디 풀 씨의 도움을 받아 해냈으니,
이 두 사람은 황사가 가장 많이 쌓인 농장으로 그분을 데리
고 가서
우리 지역에서 가장 앙상한 소 떼를 보여주었다.

킹즈베리 씨가 찍은 디온 다섯 쌍둥이 사진은
쌍둥이들을 유명하게 만들었지만,
사진 때문에 그 애들은
엄마 아빠를 떠나
기괴한 쇼처럼,
머리 둘 달린 송아지 떼로 가득 찬 텐트처럼
구경거리가 되었다.

그분이 우리의 황사 사진을 찍고 나면
우리에게 무슨 일이 일어날지
궁금하다.

1935년 4월

샘 아저씨의 도움*

정부는
농장이 유지되도록
우리에게 돈을 대출해주고 있는데,
이 돈으로 종자를 사고,
소,
노새,
아직 살아 있는 닭과 돼지를 먹이고,
우리 농민들도
조금이나마 먹고산다.

아빠는
엄마가 말했었던 대로
갚을 것을 걱정했지만,
연방긴급구호국에서 온
러브 여사는,
아빠를 안심시키면서 작물이 수확될 때까지는

---

* 샘 아저씨Uncle Sam는 머리글자인 US를 따서 미국 정부를 뜻하며 중절모를
쓴 남자로 표현된다.

한 푼도 안 갚아도 된다고,
만약 작물이 전혀 나지 않으면 아예
안 갚아도 된다고 했다.

그래서 아빠는
좋다고 했다.
뭐든지 살아가게 해줄 대책이라면.
아빠는 서류를 선반 위,
엄마의 시집과
엘리스 고모의 초대장 옆에 올려둔다.
아빠가 답장을 보내지 않고 있는 그 초대장이,
피아노 위 선반에서 나를 내려다본다.

1935년 4월

실망시킴

나는 졸업식에 초청받아
피아노 연주를 하게 되었다.

연주를 할 수 없었다.
너무 오래되었던 것이다.
손이 말을 듣지 않았다.
난 그냥 피아노 의자에 앉은 채
건반을 내려다보았다.
모든 사람이 기다리고 있었다.
침묵이 지속되자
사람들이 수군거리기 시작하더니,
알리 원더데일 선생님이 머리를 떨구고
프릴랜드 선생님은 울었다.
그분들을 실망시켰으니
어찌할지 모르겠다.

난 울지 않았다.
너무도 고집스럽게.
나는 일어나서 무대를 떠났다.

만약 아빠가 피부의 반점을 치료하기 위해
라이스 의사 선생님께 간다면,
의사는 내 손도 진단해보고
어떻게 해야 할지를 말해줄 수도 있을 듯싶다.

하지만 아빠는 라이스 선생님께 가지 않기에,
이제
우리 둘은 모두 황사로 변할 거다.

1935년 5월

희망

눈으로 시작하더니,
오,
큰 송이가
떠다니다가
가만히,
내 스웨터에 내려앉아,
소매 끝에 레이스를 만들었다.

눈이 황사를 덮고,
울타리를
부드럽게 하고,
지면의
갈라진 입술을 어루만졌다.

그러다가
눈과 비의 중간 형태로 바뀌어,
진눈깨비가
지면을 반짝거리게 했다.

마침내
비로 변해서,
물안개처럼 가벼워질 때까지.

지금까지 내린 비 중에
가장 친절한 종류의
비였다.

부드럽게, 그러다 무거워지면서,
앞서 내린 것이
땅속 토양에 이르도록 거들다가 마침내 비가,
마치 흔들림 없이
나란히 걸으면서도,
걸리적거리지 않고
고난의 시간을 함께해주는 친구처럼 왔다.

비가 처음에 그토록 참을성 있게
천천히 내리며,
기력을 쌓아서
흙이 씻겨 나가기보다는
굴복하는 법을 기억하게 되었기 때문에,
죽어가던 땅에
물이 서서히 스며들어,
고집스러운 흙의 자존심을 다독이면서

되살아날 수 있게 거들었다.

그러다가,
잔잔한 사흘이 지난 후
비가 그치리라 생각될 무렵,
그 비가
확
쏟아지듯 내려
엄청나게 많은 비가
채비를 마친 땅속으로,
준비되어 갈망하는 땅속으로,
깊숙이 스며들었다.

계속 비가 오면서
천둥이 으르렁거리고,
번개가
치고,
비가 하늘에서 춤을 추다
들판으로 내려와,
아빠도
함께 춤을,
비 쏟아지는 그 밤에 밖에서 추는 사이
홈통이 넘치고,
땅은 웅덩이를 만들며 즐거워하고,

거의 다 된 아빠의 웅덩이도 차올랐다.

비가 그치자
아빠는 첨벙이며 외양간으로 가서,
꼬박
이틀 낮밤 동안
황사를 떨어낸 끝에,
마침내 트랙터를 다시 움직이게 했다.
어둠 속에서 전조등이 빛나고,
아빠는 생기를 되찾은 들 쪽으로 거닐며,
풀이 다시 자라고,
잡초도 다시 자라고,
밀도 다시 자라리라 확신했다.

1935년 5월

비가 가져온 선물

비가
많은 풀을 되살려서
목장주들은
사료를 치우고,
소들을
밖으로 내보내 풀을 뜯게 했다.
조 데 라 플로어 씨는
다시 노래를 부르며 말을 타고 다닌다.

1935년 5월

가라앉은 희망

내가 싱크대에서 저녁 설거지를 하는 동안,
바람이 서쪽에서 불어오며
가져온 건—
황사.
내가 창문에 붙인 접착테이프를 막
떼어낸 후였다.
깨끗이 씻은 접시들이 이제 다시 먼지를 뒤집어썼다.

또 청소를 시작하기가
정말 싫다.

러브 여사는
젊은이들의 민간자원보존단 지원서를 접수하고 있다.
열여덟에서 스물여덟 살 사이의 청년은 누구든 참여할 수
있다.
나는 너무 어린 데다
여자로 태어났지만,
황사를 벗어나
집으로부터 먼 어딘가에서

민간자원보존단 일을 할 수 있다면
뭔들 못 할까.

1935년 5월

일요일 오후 애머릴로 호텔에서

모든 사람이
일요일에
조이스시 만물가구회사로 모여들어
매드 도그 크래덕이
애머릴로 호텔에서
WDAG 방송을 통해 부르는
노래를 들었다.
사람들이 스피커를 연결하자
매드 도그의
감미로운 목소리가
삐걱거리는 통로에 가득 찼다.

알리 원더데일 선생님이 매드 도그와 함께 그 호텔에 있으
면서
노래하며 피아노를 쳤고,
블랙 메사 보이스 팀도 거기
함께였다.
나는 그들과 함께하지 못한 게 너무 서러웠다.

하지만 대부분의 조이스시 사람들은
더없이 즐거워하며
반 시간 동안
카운터에 기대거나,
계단에 앉거나,
의자에서 쉬거나,
철물이나 식기류를
쳐다보면서,
고향 마을 소년들이
라디오에서
대단한 음악을 연주하는 것을 들었다.

사람들은 통로에서 박자를 맞추면서,
한 곡이 끝날 때마다 소리를 질렀고,
그러다 매드 도그가 마지막 노래를 끝내자, 사람들은
먼지가 일 정도로
환호와 함성을 지르며
서로 등을 두들겼는데,
마치 자신들이 WDAG 방송에
출연하기라도 한 것 같았다.

나도 다른 사람들처럼 매드 도그에게 환호를 보내고 싶었지만,
내 목에서
덫이 철컥

잠기는 느낌이 들었다.

매드 도그 그 애는, 조금도
걱정할 게 없다.
그 애는 노래를 아주 잘, 괜찮게 불렀다.
자신이 원하는 대로 될 거다.

1935년 5월

아기

아기란 건 웃기는 거다.

엄마는 아기를 낳다가 죽었고,

린드버그 부부는 아기에게 잘 자라고 말하고는 그 아기를 잃
었으며,

그리고 누군가

지난 토요일에

아기를 주어버리기로

결심했다.

빙엄 목사님께서 말씀하시길,

할리 매튼 씨가

교회에서 비질을 하며

일요일 예배를 위해 윤기 나게 청소하고 있었는데,

비질하다가 북문 앞 계단에 놓인

소포에 다가가게 되었다.

그분은 무릎을 꿇고

그 꾸러미를 들여다보고는

빙엄 목사님을 불렀고,

곧바로 목사님이 와서 그 소포를 열었다.

거기엔 살아 있는 아기가 들어 있었다.
빙엄 목사님은 아기를 라이스 의사 선생님에게 데리고 갔다.
의사는 검진해보더니, 아기가 건강한데
다만 작아서,
5파운드짜리 설탕 한 봉지보다 몸무게가 적고,
북문 앞 계단에서 시간을 보내느라
약간 저체온이라고 했지만,
빙엄 사모님과
목사님은
그 아기를
모포와 설탕물,
그리고 부드러운 말로 따뜻하게 해주었고,
조이스시의 모든 사람이 선물을 가져왔다.

나는 아빠에게 우리가 아기를 입양하면 어떨지 물었지만,
아빠 말씀이
우리가 그 아기를 떠맡는 건
밀이 자랄 확률만큼이나
불확실한데,
우린 아기에게 줄 게 아무것도 없는 데다
엄마조차도 없기 때문이라고 하셨다.
그러고서 아빠는 황사를 보듯 안타깝게

내 모습을 바라보았다.

그걸 위로하기 위해,
아빠는 엄마가 태어날 아기를 위해 만든
나머지 옷들과 상자를 꺼내고는
원하면 그것들이라도 교회에 가져다주라고 하셨다.

난 엄마가 저축해두었던 동전들을 찾아냈는데,
내가 피아노 연주로 벌었던 것으로
아기 프랭클린의 잠옷 상자 속,
봉투 안에 있었다.

엄마가 그 동전들을 모아둔 이유는 나를
팬핸들 대학에 보내려던 것이었다.
음악 공부를 시키려고.

이젠 의미 없다.

교회에서 돌아온 후에
난 엄마의 피아노 앞에 오랫동안 앉아,
비버강 둑이
내려다보이는 언덕 위 엄마 품속에 묻혀 있는,
내 어린 동생에게 들려줄 노래를
상상하고,

숲속에 버려져 굳어버린
린드버그 아기에게 들려줄 노래를 상상하고,
아빠의 아들이 되지 않을
녀석,
이 새 아기에게 들려줄 노래를 상상해본다.

1935년 5월

오래된 뼈들

한때
시머론군 지역에서
공룡들이 돌아다녔다.
뼈들이
푸른 이판암 속에서
드러나는데,
갈비뼈가 쟁기 날만 하고,
엉치뼈가 옛날 전화기만 하고,
다리는
울타리 막대만큼이나
뻗어 내려가 거대한
발에 이른다.

공룡이
오클라호마 바다에서 기어 나오고,
거북이들이 공룡 다리 주변을 헤엄쳐 다니는 것을 상상하면
등골이 서늘해진다.
질퍽한 강둑에서 공룡이 일광욕하는 광경이 보이고,
그 너머에는 고사리 숲이 있다.

우리 집에서
황사에 으스러진 들판을 내다보노라면
쉽게 상상이 가는데,
빈 공간이 온통 푸르게 뒤덮인 모습이 쉽게 상상이 가고,
그 공룡이 가려운 엉덩이를
우리 외양간에다 비비는 광경이 쉽게 상상이 간다.
하지만 그 모든 것들이 남긴 거라곤
부서지고 돌로 변해서
비탈 속에 갇혀버린
뼈뿐이고,
옛날 옛적에 실제로 있었던 이 공룡은
살고,
먹고,
마치 우스꽝스러운
목이 긴 소처럼
돌아다니다가,
쓰러져서 죽었다.
나는 잠깐 조 데 라 플로어 씨가
소 대신 브론토사우루스 떼를 몰고 다니는 모습을 생각하고,
그러다가
웃는다.

아빠에게
현장에 가보자고,

사람들이 얼음송곳으로 파내는 모습을 보자고,
뼛조각을 어떻게 붙이는지 보자고 말한다.
제발, 사람들이 그걸 전부 노먼시로 보내버리기 전에.

내 생각에는
공룡이 조이스시를 벗어나는 데
1억 년이나 늦어지는 바람에
그 여행을 제대로 즐기지 못할 듯하고,
나도 내 뼈가 돌로 변하기 전에
이곳을 벗어나야 할 것 같다.

하지만 나는 이 생각을 속으로만 간직할 뿐이다.

아빠는 한참 동안 생각하면서,
자기 목에 난 반점을 문지른다.
아빠는 창밖을 내다보며,
들판을 가로질러
엄마와 아기가 묻혀 있는 언덕을 바라본다.
그러더니 "죽은 것은 그대로 두는 게 좋아"라고 말한다.
그래서 우린 집에 머무른다.

1935년 6월

1935년 여름

꿈

피아노, 나의 말 없는

　　　　엄마,

　　　　　　　내가 만질 수 있어,

당신은 서늘하고

　　　　부드럽고

　　　　　　　기꺼이

나와 함께하며

　　　　나와 함께하며

　　　　　　　내게 말을 걸지.

불평 없이

　　　　건반의 뚜껑을

　　　　　　　당신은 받아들이고

그러고도

　　　　당신은

　　　　　　　공간을 내어주어

내가 모든 걸

　　　　거기에

　　　　　　　둘 수 있게 하네.

1935년 여름　237

우린 함께

           눈을 감고

                      함께 발견한 고요는

마치 연못,

           연못이

                      바람이 잦아들고

수면이

           반짝일 때

                      깜박임 없이 바라보는

푸른 하늘 같아.

           내가 연주하는 노래는

                      나만의 결이

그 속에 담기니

           당신은 따라 흥얼거리며

                      화음을 이룬다.

당신은

           바로 나의

                      동반자.

엄마의 눈을 가진

           거울.

                                  1935년 7월

한밤의 진실

나는 참을 수 없이 괴로운데,
황사 때문이기도 하고, 아빠의
침묵 때문이기도 하고, 엄마의
부재 때문이기도 하다.

엄마를 더 사랑할 수 있었는데.
엄마도 나를 사랑할 수 있었을 텐데.
그러나 지금 엄마는 바위고 황사고 바람이며,
엄마는 조각된 돌이고,
엄마는 돌이 된 내 동생을 안고 있다.

난 아빠에게 수많은 기회를,
나를 이해하고,
손을 뻗고,
사랑할 기회를 드렸다. 한때는 아빠가 그랬다.
난 아빠의 미소를,
편안한 대화를 기억한다.
지금은 우리 둘 사이에 아무것도 쉽지 않다.
가끔은 아빠가 나를 신경 써주는데,

황사 폭풍 속에서 나를 찾아 나섰을 때도 그랬다.
하지만 대체로 나는 아빠에게 보이지 않는다.
대체로 난 혼자이다.

아빠는 자신의 무덤을 파면서
그걸 연못이라 부르지만,
나는 아빠가 무엇을 하려는지 안다.

아빠는 부식되고 있다,
자신의 아버지가 그랬듯이,
황사 속에 나를 버려두고 떠날 준비를 하고 있다.
그래, 내가 먼저 떠날 테다.

1935년 7월

황사를 벗어나서

이건 꿈이 아니다.
꿈에는 위안이 없다.
나는 고통을 다스리려 애쓰며 침대를 떠나고,
마음을 진정시키려 애쓰며,
동전을 싸맨 머릿수건을 들고 내 방을 빠져나온다.
층계를 천천히 내려와,
부엌을 가로질러 가서
비스킷을 얼마간 챙긴 후,
아빠의 집을 나선다.
한밤중이고 모든 소리가
내 밖에서, 내 안에서 들린다.
나는 간다,
내가 더 이상 머문다면 죽으리라는 것을,
서서히, 틀림없이
질식하리라는 것을 알기에.

조용한 밤,
별빛 아래를 나는 걸어간다.
긴 다리 소녀가 올라탈 수 있을 정도로

기차가 오래 머무는 곳으로
걸어가자,
심장이 질주하며
나는 발밑의 땅이 흔들리는 것을 느끼고, 곧
날카로운 칼들,
금속과 금속이 서로 부딪치는 소리가 들리면서,
열차가 역에 정차한다.

한때 나는 동쪽으로,
루스벨트 대통령에게 갈까 했다.
이제 나는 어둠을 틈타
화물칸으로 숨어들어서는
열차가 나를 서부로 싣고 가도록 한다.
황사를 벗어나서.

1935년 8월

서부로 떠난 친구

몸이 뻐근하고 쑤신다.
이틀 내리 기차 위에 있으면서, 나는
사막에서는 햇볕에 그을렸고,
산속에서는 추위에 떨었으며,
황사 지역을 떠나온 이주민들의 천막이
철로를 따라 늘어선 모습을
보았다.

그곳에 한 소녀가 있었다.
화물칸 틈으로 그 애를 보았다.
그 애는 지나가는 열차를 올려다보았다.
철로 옆에 서서 바라보고 있었는데,
내가 아는 애였다.

1935년 8월

잃은 것, 얻은 것

그가 내 칸에 올라탄다.
그는 지저분하고 쉰내가 난다.
그의 눈가엔 기차 여행으로 생긴
흙테가 끼어 있다.
하지만 눈엔 그보다 더 깊은,
재 같기도 하고
죽음 같기도 한 그림자가 드리워 있다.
머리에 빗질도 하고 면도도 해야겠고,
바지를 기울 바늘도 있어야겠다.

그가 내게 말을 건다.
"어디서 왔어, 아가씨?" 알고 싶어 한다.
그는 자신의 가족사진을 보여준다.
아내. 세 아들.
그 사진이 그가 지닌 전부이다.
그것 말고는 등에 짊어진 해지고 냄새나는 옷가지뿐.
내가 아껴두었던 퀴퀴한 비스킷을 그에게 두 개 주고
나머지는 보관한다.
오늘 밤 나는 배가 고플 것이다,

하루치 비스킷을 주어버렸으니까.

하지만 난 볼이 쑥 들어간 그의 허기가 보인다.

그가 물이 있느냐고 묻자 나는 고개를 저었는데,

내 혀도 갈증으로 버석하다.

그는 비스킷을 먹는다.

먼지가 잔뜩 낀 것도 상관하지 않는다.

그가 다 먹고 나니 부스러기가 수염에 들러붙어 있다.

그는 나를 뚫어지게 쳐다보다가 눈에 눈물이 고인다.

그가 말한다. "내가 또 저질렀군.

아이한테서 음식을 뺏어 먹다니."

나는 그에게 비스킷이 더 든 천가방을 들어 보인다.

그가 말한다. "집에서, 난 식구를 먹여 살릴 수 없었고,

아기가 계속 울어대는 걸 견딜 수 없었어.

그리고 아내는,

항상 그늘진 눈길로 나를 쫓아다녔지.

난 더 이상 견딜 수 없었어.

농장을 빼앗기고, 축출당해서 우린

떠나야 했고,

한동안 농장을 임대하다, 결국에는 아내 루실의 친척 집에

들어갔지.

근데 경작할 수 있는 게 아무것도 없었어."

나는 고개를 끄덕였다. "알아요."

우린 열차가 덜컹거리는 동안,

열차가 삐걱거리는 동안 얘기를 나누고,

수 마일을 달리고 달려도 보이는 거라곤 빈 공간뿐이었을 때도,

해가 지고

다시 밤이 될 때까지 얘기를 나누었다.

나는 그에게 엄마의 죽음 이야기를 들려주었다.

아빠 이야기도 해주면서,

우리 둘을 가장 겁먹게 한 것은

홀로 남겨지는 것이었다는 말도 했다.

이제 나는 아빠를 홀로 남겨둔 채 떠났다.

나는 피아노 이야기도 해주었고,

알리 원더데일 선생님 이야기며,

그리고 오늘 날짜를 잘 모르겠다는 말도 했는데,

그날이 내 생일인지도 모른다고 생각했지만,

그때쯤 그는 잠들어 있었던 것도 같다.

그 사람은 회전초 같았다.

엄마도 회전초 같았던 것인지,

힘이 다할 때까지 붙들고 있다가

바람을 타고 날아가버렸다.

아빠는 떼잔디를 더 닮았다.
한결같고, 조용하고, 깊다.
생명줄을 붙들고서,
아빠 자신과 나, 그리고 가까이 다가오는 누구든
지탱해줄 저력을 내면에 지녔다.
아빠는
굳건히 버티면서, 나의 짜증과 성질에도,
자신과 나의
갑절이 된 슬픔에도,
가정을 지켰지만
내가 그 가정을 깨뜨려버렸다.

잠에서 깨어보니
그는 사라졌고, 내 비스킷도 없어졌지만,
내 모자 밑에 그의
가족,
아내와 세 아들의 사진이 있었다.
어쩌면 그 사진은
비스킷의 교환물로 남긴 것인지도 모르고,
어쩌면 생일 선물인지도 모르지만,
그가 남기고 갈 수 있는 유일한 것이다.
사진 속의 아이들은 깔끔하고 진지했으며,
어떤 갈망으로 밖을 응시했다.

아기는 눈이 그 사람을 닮았다.
사진 뒷면에는
연필로 쓴,
캔자스주 몰린시에 있는
그 가족의 주소가 있었다.
기회가 되는 대로 그 사진을 돌려보내어,
그분 아내에게 그가 아직 살아 있음을 알려야겠다.

나는 애리조나주 플래그스태프시에 도착해 기차에서 내렸다.
정부 기관에서 나온 어떤 여성이 나를 보았다.
그분이 내게 물과 음식을 주었다.
나는 그분 사무실에서 하들리 씨에게 전화를 걸어
아빠에게 전해달라고 부탁했다……
내가 집으로 돌아간다고.

1935년 8월

집으로 가는 길

떠나는 거,
더 좋지도 않았다.
단지 달랐을 뿐.
그리고 외로웠다.
바람보다도 더 외로웠다.
하늘보다도 더 공허했다.
아빠와
나 사이에
첩첩이 쌓인,
그 황사보다 더 적막했다.

1935년 8월

만남

아빠가 역에서 나를 기다리고 있고
나는
엄마가 돌아가시고 나서
처음으로
아빠라고 부르고,
우린 집으로
함께 걸어오면서,
대화한다.
나는 아빠에게 황사를 벗어나는 것에 대해,
그리고 내 속에 있는
뭔가로부터 벗어날 수 없는 것에 대해 말한다.
나는 아빠가 떼잔디 같고,
나는 밀 같아서
아무 데서나 자랄 수 없지만,
이곳에서는,
약간의 비와
약간의 관심과
약간의 행운으로 자랄 수 있다고 말해준다.
그리고 아빠의 피부에 난 그 반점을 내가 얼마나 무서워하는

지 말하자,

아빠도 겁이 나 보인다.

내가 말한다. "전 제 자신의 엄마일 수도 없고,

제 자신의 아빠일 수도 없으니,

두 분 다 제게서 떠나버리면,

글쎄,

저더러 어떡하라는 거예요?"

아빠에게 이렇게 말하자,

아빠는 라이스 의사를 뵈러 가겠다고 약속하신다.

연못이 완성됐다고 아빠가 말씀하신다.

물이 차면 거기서 수영을 할 수 있고

물고기도 채워 넣을 텐데,

내가 저녁에 나가 메기를

잡아서

튀길 수도 있겠지.

내가 원하면,

꽃을 심어도 좋다고 하신다.

우리가 함께,

나란히,

먼지를 풀풀거리며 걷는 동안,

나는 차츰차츰, 난로 옆에 석유통을 두었던

아빠를 용서하게 된다.

우리가 함께,
나란히,
발이 빠지는 황사 길을 걷는 동안,
나는 그 나머지 모든 일을 저질렀던
나 자신을 용서하게 된다.

1935년 8월

1935년 가을

깊게 잘라내다

아빠랑 라이스 의사 선생님을 뵈러 갔다.
선생님이 말씀하시길,
"그동안 뭘 하다가
이제야 그 반점을 보여주는 건가, 베이어드?"
나는 아빠에게 인상을 썼다.
아빠는 벽만 쳐다보았다.
내 생각에
아빠는 크게 신경 쓰지 않았고,
어떤 암에 걸렸다 해도
그냥 받아들이고 죽었을 것 같다.
그렇게 되면 아빠는 엄마를 만나고,
내 동생도 만나게 되리라 생각했겠지.
그럼 모든 게 아빠의 손을 떠나는 거다.
아빠는 황사를 벗어나는 거다.

이제 아빠는 의사 선생님이
최선을 다해 암을 잘라낸 곳에
붕대를 감고 다녀야 한다.
그리고 우리는 기다리면서

치료가 너무 늦지 않았기를
바라는 수밖에 없다.

난 의사 선생님께 내 손에 대해 물어본다.
"이 손을,
어떻게 해야 하나요?"
의사 선생님은 얼룩덜룩해진 피부를,
늘어나고 주름지고 갈라진 피부를 주의 깊게 살펴본다.
그분이 말한다. "뜯지 말아야 돼.
잠자기 전에 연고를 발라주렴.
그리고 손을 써야 해, 빌리 조.
손을 쓰기만 하면 잘 치료될 거다."

아빠가 내 침대에 앉고
나는 상자를,
여러 해 동안
내 옷장에 있던
상자 두 개를 연다.
황사 먼지가 모든 것에 앉아 있지만,
나는 그걸 불어버리고,
아빠는 아주 조용히
엄마의 흔적이 여전히 너무 강한
물건들을
보고,

우린 깨진 소꿉 접시 한 줌을 빼고는
다시 다 보관하고 만다.
예전에 엄마랑
이 상자들을 정리하려고 했었는데,
이제는 아빠가
내 침대 모서리에 앉아 있다.
나는 목이 잠긴다.
나는 저녁을 차리고
아빠는 내게
자신의 어린 시절을 얘기해준다.

아빠가 말한다. "내가 항상
밀을,
땅을,
팬핸들에서의 삶을 확신했던 건 아니었어.
나도 도망칠 꿈을 꾸었지,
실천하지 못하긴 했지만.
난 네 절반만큼의 용기도 없었던 거야, 빌리 조."
내가 처음으로 깨달은 건
우리 둘은 닮은 점이,
붉은 머리와
긴 다리,
그리고 우리가 피곤할 때
눈을 비비는 모양 말고도 너무 많다는 거다.

1935년 10월

다른 여자

그녀 이름은 루이즈인데,
내가 없는 동안 아빠 곁에 있었다.

내가 그녀를 처음 만난 건 그녀가 음식 두 바구니를 들고
저녁 식사를 하러 왔을 때였다.
그녀는 요리 솜씨가 좋지만
굳이 드러내지는 않는다.

그녀는 아빠를 스스로 일하게 만드는 재주가 있다.
루이즈가 저녁을 먹으러 온 날,
아빠는 우리가 다 먹고 나자 일어나서 부엌을 치웠다.
아빠가 허리께에 앞치마를 두르자
구덩이에 빠진
암소처럼 실없어 보였지만,
루이즈는 못 본 체했고,
나는 그녀에게 한 수 배웠다.

우린 농장을 돌아다녔는데
내가 떠나 있는 동안

그녀도 이미 다 돌아보았을 것이다.
그녀는 내가 가장 좋아하는 장소들,
외양간의 다락과
비버강 둑과
맑은 날이면 블랙 메사가 보이는
들녘에 데려가달라고 하지 않았다.

그녀가 말하기를,
자기가 나타나기 전에 나와 아빠 사이에 일이 있었음을 알고
있으며,
그 모든 것에 함께했더라면 좋았을 테지만
그러지 못했고, 그건 어쩔 수 없으니
극복하고 살아나가야 한다고 했다.

우린 함께 감탄하면서
아빠가 판 연못을 바라보았고,
그녀는,
저런 구덩이는 사람에 대해 많은 걸 얘기해준다고 했다.

그러고 싶지는 않았지만, 난 그녀가 좋았는데,
왜냐하면 아주 소탈하고 솔직하고,
아빠를 웃게 만들고,
나 또한 그렇게 만들었기 때문이며,
내 안에 그녀의 자리가 있는지는

잘 모르겠지만,
아빠 안에 그녀의 자리가 있다는 것은 알 수 있었다.
아빠에게 내가 엘리스 고모에게로 결국 가버리면
좋겠는지 물었더니,
아빠 한 번도 그러고 싶었던 적이 없다고 하셨고,
난 아빠 것이며 엘리스 고모가 나를 어떻게 할지
생각하는 것조차 싫다고 하셨다.
우린 웃으며, 내가 엘리스 고모와 함께 사는
모습을 그려보았는데,
유쾌한 웃음은 아니었던 것이, 어쨌거나
우리가 얘기하던 게 엘리스 고모였으니까.

루이즈에 관한 문제라면,
난 그저 일이 어떻게 진전되는지를 지켜보면서
그녀가 아빠의 인생에서 나를 밀어내지 않기를 바랄 뿐이다,
적어도 지금은,
내가 겨우 아빠에게 되돌아오는 길을 찾은 지금은.

1935년 10월

어디든 되는 건 아니다

난 아빠랑 걸어서
비탈을 올라 비버강 너머를 바라본다.
루이즈는 집으로 돌아간다.
함께 가고 싶어 했지만
여긴 엄마의 장소,
엄마의 무덤이자
프랭클린의 무덤이고,
루이즈는 이곳에 올 권리가 없다.
그녀는 어디든 우리랑 함께 가고 싶어 한다.
글쎄, 난 허락할 수 없다.
어디든 되는 건 아니다.

아빠가 말한다.
"루이즈가 와도 됐잖니.
널찍해서 모두가 와도 괜찮잖아, 빌리 조."
하지만 아니다.
그녀가 엄마의 부엌에 들어올 수는 있다.
외양간에도 드나들 수 있다.
아빠가 트럭을 운전할 때 아빠 곁에 앉을 수도 있다.

그러나 엄마의 유골이,
엄마와 프랭클린의 유골이 이 언덕에 있다.
루이즈가 우리 사이에 끼어 이곳에 올라온다면,
두 사람의 유골이 좋아하지 않을 것이다.

1935년 10월

내 인생, 즉 루이즈가 열번째 저녁 식사에 오고 나서 내가 말해준 것

"제가 아빠를 닮았긴 하지만, 손은 엄마 손이에요.
피아노 손, 엄마는 그렇게 부르면서
틈날 때마다 제 손을 슬쩍슬쩍 쳐다봤지요.
피아노는 대단한 거예요" 하고 내가 말한다.
"비록 우리 피아노가 지금은 황사로 덮여 있긴 하지만요.
먼지 아래 피아노는 짙은 갈색이에요,
엄마 눈처럼요."

나는 피아노와
피아노 위에 걸려 있는 거울,
그리고 그 거울 양쪽,
선반에,
예전에 엄마 아빠의 결혼사진이 놓여 있었지만,
아빠가 치워버린 것이 생각난다.

"엄마는 매번,
그릇에 사과를 담아두었어요"라고 루이즈에게 일러준다.
"전 사과를 아주 좋아하거든요.
그리고 엄마는 들꽃을 발견하면

항아리에 담아,
저 피아노 위 선반에 올려두었지요."

다른 선반에는 엄마의 시집이 그대로 놓여 있다.
엘리스 고모의 초대장,
그러니까 그 초대장의 남은 부분도.
아빠와 나는 그 편지를 줄줄이 찢어서
엄마가 가장 좋아했던 것 같은 시들을 표시하는 책갈피로 썼
으니까.

"우린 항상 행복했던 건 아니에요"라고 루이즈에게 말한다.
"하지만 우린 그런대로 행복했어요,
그 사고가 일어나기 전까지는.
제가 서부행 기차를 탄 건
뭔가를 찾기 위해서였지만,
딱히 대단한 걸 보진 못했어요.
제가 이미 가진 것보다 더 나은 걸 보지 못했어요.
바로 집이죠."

나는 루이즈의 얼굴을 똑바로 쳐다본다.
루이즈는 눈길을 피하지 않는다.
되받아 똑바로 쳐다본다.
먼저 눈길을 피한 건 나였다.

"제 손은 더 이상 그리 예뻐 보이진 않아요.

하지만 이제 거의 아프진 않아요. 약간 통증이 있긴 하죠,

가끔요.

지금 바로 연주를 할 수도 있을 거예요,

아마,

피아노에서 황사를 걷어내기만 한다면,

제가 피아노에서 황사를 걷어내고 싶은 마음만 생긴다면요.

하지만 못 해요. 아직 준비가 안 됐거든요."

루이즈의 가장 좋은 점은,

내가 뭘 해야 한다고 말하지 않는다는 거다.

그저 고개만 끄덕인다.

그래서 나는 그녀가 내가 말한 모든 걸,

내가 말하지 않은 부분까지도 들었다는 것을 알 수 있다.

1935년 11월

11월의 황사

가끔씩 황사가
불어오는데도
밀이 자라고 있다.

내가 아빠랑 농장을 둘러보면서
알게 된 것은
연못이 제 몫을 하고 있다는 것이다.
연못은 엄마의 사과나무가 살아 있게 하고,
엄마의 정원에 양분을 주고,
주변에 잔디가 자라게 해서,
내가 내킬 때면
거기에 드러누워 꿈을 꿀 수 있게 하고,
그 잔디밭에 서서,
매드 도그가
일주일에 한 번씩
그가 일하는 라디오 방송국이 있는
애머릴로에서 돌아오는 길에 지나갈 때마다 기다리도록 해
줄 것이다.

황사가 겨울 밀을

망치지 않는 한,

우린 아빠의 힘든 노동 덕분에

봄이 되면 뭔가 그럴듯한 것을 얻게 될 것이다.

많지는 않겠지만, 작년보다는 많겠지.

1935년 11월

추수감사절 기원 목록

초원의 새들, 땅다람쥐*가 내는 휘파람 소리, 바람이
부는 소리,
풀이며
매캐한 흙 냄새,
매드 도그 같은 친구들, 강 아래 소들,
소 발굽을 적시는 물,
아주 크고
변화무쌍한 구름으로
가득 찬 하늘,
들판에 드리우는
구름 그림자,
아빠의 미소,
아빠의 웃음,
그리고 아빠의 노래,
루이즈,
황사가 섞이지 않은 음식,
산뜻하게 닦고 조율한,

---

* 북미 대륙에 사는 들쥐의 일종.

엄마의 피아노를 돌보는 아빠,
손이 전혀 아프지 않은 나날,
캔자스주 몰린에서 루실이 보낸 감사 편지,
비 내리는 소리,
아빠의 연못에 물이 가득한 가운데
돌아가는 풍차,
녹색과
촉촉한 대지와
농장으로 돌아오는 희망의 냄새.

엄마와 프랭클린의 무덤 위에 피어나는
양귀비꽃.
기대로 가득 찬 채,
온 하루가 대기하는 아침,
조용하고, 기대조차 없는, 휴식의
밤.
그리고 집, 지금 내가 사는 이 집,
내 안에 사는
이 집에 대한 확신.

                                        1935년 11월

음악

나는 음악을 다시 알아가는 중이다.
음악도 나를 다시 알아가고 있다.
우린 서로의 겨드랑이를,
서로의 귓속을,
서로의 목 뒤를 킁킁대며 냄새를 맡는다.
우린 둘 다 자신감이 있고, 그래서 좀 도도하다.

이제야 깨닫는 것은, 내가
황사를 벗어나려 했던 내내,
사실은,
내가 나답게 된 것이,
황사 때문이라는 것이다.
그리고 나 자체로도 충분히 좋다.
심지어 나한테도.

1935년 11월

팀워크

루이즈가 올 때마다
그녀와 나는 저녁을 먹은 후 산책에 나선다.
우리가 돌아올 즈음
부엌은 아주 말끔하고,
아빠는 어떻게 해야 할지 잘 모르는 몇 가지만
남겨두는데,
큰 팬이나
나무 수저,
남은 음식 같은 것으로,
그 때문에 난 조금 짜증도 나지만
대개는 아빠를 사랑하는 마음이 든다.
그리고 루이즈는, 남겨진 일이 무엇인지를 정확히 알고는,
나의 마무리를 돕는다.

그녀는 아빠의 야간 학교 선생님이셨다.
결혼한 적이 없다.
2년 동안 대학을 다니면서
공부하고 일도 하다가,
아빠를 만나 그의 눈에 어린

큰 상처에 빠져들기 전까지는
자신이 얼마나 외로운지 깨닫지 못했다.
그녀는 살림을 할 줄 알고,
요리를 할 줄 알고,
겨울과
가뭄을 견딜 수 있게
물건을 챙길 줄도 안다.

그녀는 두 붉은 머리 사람 사이를
중재하는 법도 안다.
그리고 남의 집에 와서
옛 추억을 자극하지 않는 법도 안다.
나는 지난달,
우리가 처음으로 함께 보낸 추수감사절에
그녀가 크랜베리 소스를 만들지 않았던 것에 아직도 고마움
을 느낀다
루이즈가 마련한 건 고구마와 껍질콩,
칠면조 요리, 두 가지 파이,
호박 파이와 초콜릿 파이였다.
나는 배가 하도 불러서
눈꺼풀이
스르르 감겼고, 아빠는 나를 대신해서 루이즈와 함께
산책을 나가
엄마와 프랭클린의 무덤으로 가서,

엄마께 자신의 뜻을 전했다.
엄마의 유골은 반대하지 않으셨다.
나도 반대하지 않았다.

두 분이 집으로 돌아와서는,
이번에도 아빠가 부엌을 치우셨다.

1935년 12월

길 찾기

아빠가
남아 있는 땅에 밀을
심는 것에 대해
말하기 시작했다가,
갑자기, 아니야,
그냥 지금 이대로 계속 가자고 했다.

나는
매일
반 시간씩
연주를 하면서,
피부도 펴지고,
흉터도 펴지게 한다.

내가 보기에, 힘겨운 시기란
단지 돈이나
가뭄이나
황사 때문만은 아니다.
힘겨운 시기란 의욕을 잃고,

희망을 잃고,

꿈이 말라버렸을 때 생겨나는 것이다.

트랙터가 망가지고

우리가 그걸 고칠 돈이 없어도,

아빠가 손으로 그 일을 할 수 없다고는

절대 말할 수 없다.

가로 12, 세로 18에 깊이 1.8미터짜리

구덩이 파기보다 더 힘든 일은 있을 수 없기 때문이다.

아빠는 루이즈의 도움으로 노새를 한 마리 더 샀다.

그녀의 약혼 선물이다.

아빠는 노새 두 마리 뒤를 한 걸음 한 걸음 따라가며,

밭이 바람에 맞서 싸워주기를 바란다.

어쩌면 트랙터가 아빠의 두 발을 땅 위로 띄워 올린 탓에,

어쩌면 밭이 아빠를 더 이상 알아보지 못하고,

아빠의 발길,

아빠의 손길,

혹은 아빠의 무릎뼈를 기억하지 못하는지도 모르고,

더구나 왜 밀이 낯선 사람을 위해 자라겠는가?

아빠는 사람들이 말하는

작물의 다양화라는 개념에

뭔가 근거가 있을 거라고 인정하면서,

수수를,

어쩌면 목화를 심어보겠다고 하니,
정말, 아빠는 아무 작물도 심지 않았던 곳에다가,
엄마가 원했던 대로
풀밭을 되살려놓을 거다.
아빠는 새로운 잔디밭을 만들 것이다.
그리고 나는 아빠를 보면서, 우리가 한 장소에
머무를지라도
여전히 성장할 수 있다는 것을 배운다.

나는 프라이팬에서 흙먼지를 닦고,
엄마의 접시에서 흙먼지를 닦아내고,
아빠가 루이즈를 태워 오기를 기다리면서,
그녀가 좀더 늦게까지,
좀더 오래 머물러주기를 바라고,
그녀가 아예 영원히 머무르게 될 그날을 기다린다.

그녀는 12월인데도
꽃이 달린 우스꽝스러운 모자를 썼는데,
그녀가 웃을 때면,
얼굴이
완연한 봄이 되어, 그 모습에
모자가 정말 딱 어울린다.
그녀는 사과를 한 자루 가득 가져와서는,
온전한 사과들을

그릇에 담아 선반에,
엄마의 시집 반대편에 올려놓는다.
이따금, 내가 피아노 앞에 앉아 있을 때
거울 속에 비치는 그녀의 모습은,
아빠가 집안일을 끝내는 동안
부드러운 눈빛으로 부엌에 서 있고,
나는 건반 위로 손가락을 펼쳐
연주를 한다.

1935년 12월

황사 속에서도 피어나는 희망

미국의 역사와 팬핸들

미국의 초기 연방정부를 구성한 영토는 미시시피강의 동쪽에서 동부 연안에 이르는 13개 주로, 강의 서쪽으로부터 로키산맥의 동쪽에 이르는 광범한 중부 평원은 프랑스령이었다. 나폴레옹은 전쟁 비용을 조달하기 위해 이 지역을 1,500만 달러에 제퍼슨 정부에 넘겼고, 이에 오늘날 미국 국토의 4분의 1이넘는 이 지역은 1803년 미국으로 편입된다. 루이지애나 구입 Louisiana Purchase으로 불리는 이 거래에는 오클라호마 지역이 포함되어 있었다.

캐런 헤스의 『황사를 벗어나서』의 배경이 되는 팬핸들 Panhandle 지역은 원래 오클라호마가 아닌 텍사스주에 속해 있었다. 당시 텍사스주는 미연방 가입을 원했지만 그러기 위해서는 연방정부가 정한 노예금지법을 따라야 했다. 노예제도를 유지하고 싶었던 텍사스주는 노예금지법의 기준이 되는 북위 36도 30분 이북에 속하는 팬핸들 지역을 떼어서 연방정부에 헌납하며, 가입 신청 10년 만인 1845년에 미국 의회의 승인을 받게 되었다. 이런 이유로 동강이 난 팬핸들 지역은 오래도록 소속이 없다가 1890년에야 오클라호마주에 편입되었고, 콜로라도, 캔자스, 뉴멕시코, 오클라호마 등으로 둘러싸인 지역의 모양이 마치 냄비 손잡이 같다고 하여 팬핸들이라는 별명을 얻게 되었다.

1900년대에 오클라호마 중부 지역과 텍사스에서 거대한 유전이 잇따라 발견되면서 엄청난 돈이 주 정부로 흘러들었지만 팬핸들 지역은 그 혜택을 받을 수가 없었다. 오클라호마 유전 지역은 인디언 보호구역 내에 있었기 때문에 정부의 간섭이 배제된 상태였고, 텍사스는 미연방 가입 시 독립된 자치권을 보장받았기 때문에 유전에서 나오는 막대한 부에 대한 세금 징수는 텍사스 정부만이 가능했다. 이리하여 팬핸들 지역은 오클라호마와 텍사스, 어느 주의 혜택에서도 배제된 채 오랫동안 빈곤이 세습되었다. 이런 이유로 팬핸들 지역은 주인 없는 땅No Man's Land으로 불리며 오랫동안 방치되다가 이후 외지인이 이주해 와서 땅을 일구게 되었다. 그러다 과도한 경작으로 숲과 초지가 훼손되면서 1930년대의 혹독한 가뭄과 이로 인한 황사 피해가 발생하게 되었다. 이는 1929년의 대공황 사태와 맞물리며 더 큰 피해를 낳는다.

꺾이지 않는 끈질긴 삶의 의지

유럽이 제1차 세계대전을 치르는 동안 미국 경제는 유례없는 호황을 누리면서 본격적인 산업국가로 변모하게 되었다. 그러나 호황으로 과잉생산된 생산품이 소비되지 않은 채 쌓이게 되고 이 악순환이 불황을 초래하게 되었다. 1929년 10월 29일, 검은 화요일로 불리는 미국의 대공황Great Depression은 이렇게 시작되었다. 이런 상황에서 세계의 곡물창고 역할을 하던 미국 농업 지역에서도 잉여 농산물의 처리가 큰 골칫거리가 되었다. 설상가상으로 오클라호마주를 중심으로 남중부 지역에서 발생한 더스트 볼Dust Bowl로 인해 루스벨트 정부는 현 상태가 심각한 국가 재난임을 인지하게 되었다.

새로운 삶을 꿈꾸며 오클라호마주를 탈출하여 서부로 간 유민들은 캘리포니아주에서 '오키'라는 멸칭으로 불리면서 괄시를 받았다. 1939년, 작가 존 스타인벡은 당시 유민들의 참상을 그린 작품 『분노의 포도The Grapes of Wrath』를 세상에 내놓았다. 이 작품은 곧 미국 사회에 엄청난 반향을 불러일으키면서 베스트셀러가 되었고, 이듬해 퓰리처상을 받았다. 22년 후인 1962년에는 노벨 문학상까지 받으면서 스타인벡은 세계적인 작가가 되었다. 스타인벡의 『분노의 포도』가 당시 유민들의 비참함을 그린 작품이라면, 캐런 헤스의 『황사를 벗어나서』는 경제 대공황과 황사라는 극악한 상황에서도 살던 곳에 꿋꿋이 남아 버티어낸 사람들의 이야기라고 할 수 있다.

땅을 지킨 사람들과 소녀의 성장기

『황사를 벗어나서』의 주인공 빌리 조는 1920년 8월에 켈비 부부의 첫아이로 태어났다. 빌리 조의 아버지 베이어드 켈비는 팬핸들 지역에서 밀을 재배하는 전형적인 농부로 수년째 계속되는 가뭄에도 고집스럽게 밀 농사를 포기하지 않는다. 어머니

폴은 딸에게 피아노를 가르칠 정도로 피아노를 잘 치고 음악적 재능이 풍부한 여성이다. 딸인 빌리 조는 그런 어머니를 보며, 원래 꿈이 크고 농촌에 어울리지 않는 사람이던 어머니가 농부인 아버지와 결혼하면서 꿈을 접게 된 것이라 생각한다.

빌리 조가 태어난 팬핸들 지역에는 수년째 가뭄이 계속되면서 밀이 말라 죽고, 밭의 표토는 먼지로 변하여 바람을 타고 날아다닌다. 극심한 가뭄과 일상이 되어버린 황사 바람으로 주 수입원인 밀의 생산이 타격을 입어 팬핸들 사람들은 힘든 상황에 처해 있다. 이런 상황에서 빌리 조의 유일한 희망은 피아노 연주다. 어머니로부터 피아노를 배운 빌리 조는 피아노를 칠 때만은 이런 복잡하고 괴로운 상황을 잊고 음악에 집중한다. 다행히도 빌리 조의 피아노 연주는 학교에서 음악 선생님의 인정을 받게 되어 선생님의 연주단에 합류하게 된다. 그러나 예상치 못한 재난이 빌리 조에게 닥친다. 이를 기점으로 어머니의 피아노 소리가 있는 집, 음악 선생님과 친구들이 있는 학교로 꾸려지던 빌리 조의 일상이 무너지게 된다.

작가인 캐런 헤스는 대공황과 황사가 극심했던 1934년 겨울부터 이듬해 가을까지 2년 동안 팬핸들의 모습을 빌리 조라는 열세 살 소녀의 일상을 통해 그려낸다. 1993년 헤스는 동료 작가 라이자 케첨Liza Ketchum과 함께 차로 콜로라도주를 여행하면서 그 지역이 심한 가뭄으로 고통받았다는 역사를 알게 되었다. 이 역사적 사건을 작품화하기 위해 헤스는 자료를 수집하기 시작했다. 여러 자료 중 특히 도움이 되었던 것은 1930년대에 팬핸들 지역에서 발간되었던 신문 『보이시시티 뉴스Boise

City News』였다. 다행스럽게도 이 신문이 오클라호마 역사자료관에 마이크로필름 형식으로 보존되었던 덕택에 작가는 수년 동안 도서관을 오가며 이 신문의 기사를 근거로 당시의 상황을 되짚어가며 작품을 집필해나갈 수 있었다. 이러한 과정을 통해 캐런 헤스는 열세 살 빌리 조가 공황과 황사라는 상황을 어떻게 보고 느끼고 있는지, 그런 힘든 상황 속에서도 어떻게 음악에 몰두하는지, 힘든 상황 속에서도 어떤 식으로 가족과 자신의 고향을 이해하고 받아들이는지를 운문체 소설이라는 형식을 통해 따뜻한 시선으로 보여준다.

『황사를 벗어나서』는 5년에 가까운 자료 수집과 집필을 거쳐 1997년 출간되었다. 출간 이듬해에는 청소년 문학의 노벨상으로 불리는 뉴베리상Newberry Medal을 받았다. 이 책은 청소년은 물론 일반 성인들에게도 널리 읽히면서 작가의 대표작으로 자리매김하게 되었다. 캐런 헤스는 작품을 통해 힘든 상황 속에서도 팬핸들 지역을 지킨 사람들이 있었고 그들에게도 일상이 있었음을 열세 살 빌리 조의 시선으로 보여준다.

The way I see it, hard times aren't only
내가 보기에, 힘겨운 시기란
about money
단지 돈이나
or drought
가뭄이나
or dust.

황사 때문만은 아니다.

Hard times are about losing spirit,

힘겨운 시기란 의욕을 잃고,

and hope,

희망을 잃고,

and what happens when dreams dry up.

꿈이 말라버렸을 때 생겨나는 것이다.

작가는 뉴베리상 수상 연설에서 이 작품의 의도를 이렇게 말했다.

산다는 것은 그렇게 아픔을 겪는 일이다. 기쁨 속에는 감춰진 슬픔이 있고, 슬픔 속에는 감춰진 기쁨이 있다. 중요한 것은, 우리가 이 아픔에 우리 자신을 내맡겨둘 것인가, 아니면 우리가 이 아픔을 통해서 성숙하는 길을 찾고, 변화를 모색하고, 그리하여 마침내는 이 아픔을 넘어서게 될 것인가이다.

작가의 연설처럼, 빌리 조는 자신에게 찾아온 불운한 사고와 이를 둘러싼 아버지와의 갈등을 자신의 방법으로 이해하고 받아들인다. 그리고 그런 시간을 통해 빌리 조는 비로소 자신과 자신을 둘러싼 환경을 받아들이며 성장해나간다. 그런 빌리 조의 모습은 시대와 장소를 불문하고 어려운 상황에 맞닥뜨린 모든 독자에게 울림을 줄 것이다.

작가 연보

1952 8월 29일 메릴랜드주 볼티모어에서 출생.

1970 토슨 주립대 입학.

1971 대학에서 만난 랜디 헤스와 결혼.

1972 결혼으로 학교를 그만두었으나, 남편이 베트남에서 군 복
무 하는 동안 메릴랜드 주립대학에서 영문학을 전공하면
서 심리학과 인류학을 부전공으로 택하여 학위를 받음.
시 창작에 주력하는 한편, 이 당시 빅풋Bigfoot과의 만남에
관한 첫 소설을 썼으나 출판이 거절됨.

1991 『유니콘에 거는 기원 Wish on a Unicorn』 출간. 이 소설은
1982년 완성했으나 출판사들로부터의 연이은 거절로 9년
후인 1991년에야 출간됨.

1992 『리프카의 편지 Letters from Rifka』 출간.

1993 『레스터의 개 Lester's Dog』『할아버지의 의자 Poppy's Chair』 출간.

1994 『불새처럼 일어나 Phoenix Rising』 출간.

1995 『천사의 시대 A Time of Angels』『라벤더 Lavender』 출간.

1996 『돌고래의 노래 The Music of Dolphins』 출간.

1997 『황사를 벗어나서 Out of the Dust』 출간.
출간 이듬해에 뉴베리상과 스콧 오델상 수상.

1999 『비야, 내려라! Come on Rain』『폭풍 속의 빛 A light in the Storm』

출간

2000 『밀항자 *Stowaway*』 출간. 영국 탐험가 제임스 쿡 선장의 배에 몰래 탔던 11세 소년의 실화를 바탕으로 쓴 소설.

2001 『증인 *Witness*』 출간. 남부의 인종차별 테러집단 쿠 클럭스 클랜 Ku Klux Klan에 대한 이야기로 『황사를 벗어나서』와 같은 운문체 소설이다. 헤스는 위 두 편과 『알류샨의 참새 *Aleutian Sparrow*』를 포함한 세 편의 운문 형식의 역사 소설을 썼다.

2002 맥아더 펠로십에 선정됨.

2003 『알류샨의 참새』 『석등 *Stone Lamp*』 출간.

2008 『브룩클린 브리지 *Brooklyn Bridge*』 『감자 *Spuds*』 출간.

2011 단편집 『넬 *Nell*』 출간.

2012 『보관 *Safe keeping*』 출간.

2016 『나의 엄지 *My Thumb*』 출간

현재 남편과 함께 버몬트주 브래틀버러에 거주.

기획의 말

세계문학과 한국문학 간에 혈맥이 뚫려, 세계-한국문학의 공진화가 개시되기를

21세기 한국에서 '세계문학'을 읽는다는 것은 무엇을 뜻하는 가? 자국문학 따로 있고 그 울타리 바깥에 세계문학이 따로 있 다는 말인가? 이제 한국문학은 주변문학이 아니며 개별문학만 도 아니다. 김윤식·김현의『한국문학사』(1973)가 두 개의 서문 을 통해서 "한국문학은 주변문학을 벗어나야 한다"와 "한국문 학은 개별문학이다"라는 두 개의 명제를 내세웠을 때, 한국문 학은 아직 주변문학이었다. 한데 그 이후에도 여전히 한국문학 은 주변문학이었다. 왜냐하면 "한국문학은 이식문학이다"라는 옛 평론가의 망령이 여전히 우리의 의식을 장악하고 있었기 때 문이다. 그렇게 생각하고 그렇게 읽고, 써온 것이었다. 그리고 얼마간 그런 생각에 진실이 포함되어 있는 것도 사실이었다. 그러나 천천히, 그것도 아주 천천히, 경제성장이나 한류보다는 훨씬 느리게, 한국문학은 자신의 '자주성'을 세계에 알리며 그 존재를 세계지도의 표면 위에 부조시키고 있었다. 그런 와중에 반대 방향에서 전혀 다른 기운이 일어나 막 세계의 대양에 돛 을 띄운 한국문학에 위협적인 격랑을 밀어붙이고 있었다. 20세기 말부터 본격화된 '세계화'의 바람은 이제 경제적 재화뿐만이 아니라 어떤 나라의 문화물도 국가 단위로만 존재할 수 없게 하였던 것이니, 한국문학 역시 세계문학의 한 단위라는 위상을 요구받게 되었던 것이다.

그러니 21세기 한국에서 세계문학을 읽는다는 것은 진정 무엇을 뜻하는가? 무엇보다도 세계문학이라는 개념을 돌이켜 볼 때가 되었다. 그동안 세계문학은 '보편문학'의 지위를 누려왔다. 즉 세계문학은 따라야 할 모범이고 존중해야 할 권위이며 자국문학이 복종해야 할 상급 문학이었다. 그리고 보편문학으로서의 세계문학의 반열에 올라간 작품들은 18세기 이래 강대국의 지위를 누려온 국가의 범위 안에서 설정되기가 일쑤였다. 이렇게 해서 세계 각국의 저마다의 문학은 몇몇 소수의 힘 있는 문학들의 영향 속에서 후자들을 추종하는 자세로 모가지를 드리워왔던 것이다. 이제 세계문학에게 본래의 이름을 돌려줄 때가 되었다. 즉 세계문학은 보편문학이 아니라 세계인 모두가 향유할 수 있도록 전 세계 방방곡곡에서 씌어져서 지구적 규모의 연락망을 통해 배달되는 지구상의 모든 문학이라고 재정의할 때가 되었다. 이러한 재정의에는 오로지 질적 의미의 삭제와 수량적 중성화만 있는 게 아니다. 모든 현상학적 환원에는 그 안에 진정한 가치를 향해 나아가고자 하는 지향성이 움직이고 있다. 20세기 막바지에 불어닥친 세계화 토네이도가 애초에는 신자유주의적 탐욕 속에서 소수의 대국 기업에 의해 주도되었으나 격심한 우여곡절을 겪으며 국가 간 위계질서를 무너뜨리는 평등한 교류로서의 대안-세계화의 청사진을 세계인의 마음속에 심게 하였듯이, 오늘날 모든 자국문학이 세계문학의 단위로 재편되는 추세가 보편문학의 성채도 덩달아 허물게 되어, 지구상의 모든 문학들이 공평의 체 위에서 토닥거리는 게 마땅하다는 인식이 일상화까지는 아니더라도 최소한 정당화되고 잠재적으로 전망되는 여건을 만들어내게 되었던 것이다.

또한 종래 세계문학의 보편문학적 지위는 공간적 한계만을 야기했던 게 아니다. 그 보편문학이 말 그대로 보편성을 확보했다기보다는 실상 협소한 문학적 기준에 근거한 한정된 작품 집합에 머무르기 일쑤였다. 게다가, 문학의 진정한 교류가 마음의 감동에서 움트는 것일진대, 언어의 상이성은 그런 꿈을 자주 흐려왔으니, 조급한 마음은 그런 어둠 사이에 상업성과 말초적 자극성이라는 아편을 주입하여 교류를 인공적으로 촉진시키곤 하였다. 이제 우리는 그런 편법과 왜곡을 막기 위해서, 활짝 개방된 문학적 관점을 도입하여, 지금까지 외면당하거나 이런저런 이유로 파묻혀 있던 숨은 걸작들을 발굴하여 널리 알리고 저마다의 문학을 저마다의 방식으로 감상할 수 있는 음미의 물관을 제공해야 할 것이다. 실로 그런 취지에서 보자면 우리는 한국에 미만한 수많은 세계문학전집 시리즈들이 과거의 세계문학장을 너무나 큰 어둠으로 가려오고 있었다는 것을 절감한다.

이와 같은 인식하에 '대산세계문학총서'의 방향은 다음으로 모인다. 첫째, '대산세계문학총서'의 기준은 작품의 고전적 가치이다. 그러나 설명이 필요하다. 이 고전은 지금까지 고전으로 인정된 것들에 갇히지 않는다. 우리가 생각하는 고전성은

추상적으로는 '높은 문학성'을 가리킬 터이지만, 이 문학성이란 이미 확정된 규칙들에 근거한 문학성(그런 문학성은 실상 존재하지 않거니와)이 아니라, 오로지 저만의 고유한 구조를 통해 조직되는데 희한하게도 독자들의 저마다의 수용 기관과 연결되는 소통로의 접속 단자가 풍요롭고, 그 전류가 진해서, 세계의 가장 많은 인구의 감성을 열고 지성을 드높일 잠재적 역능이 알차게 채워진 작품의 성질을 가리킨다. 이러한 기준은 결국 작품의 문학성이 작품이나 작가에 의해 혹은 독자에 의해 일방적으로 결정되는 것이 아니라, 세 주체의 협력에 의해 형성되며 동시에 그 형성을 통해서 작품을 개방하고 작가의 다음 운동을 북돋거나 작가를 재인식시키며, 독자의 감수성을 일깨워 그의 내부에 읽기로부터 쓰기로의 순환이 유장하도록 자극하는 운동을 낳는다는 점을 환기시키고 또한 그런 작품에 대한 분별을 요구한다.

이 첫번째 기준으로부터 두 가지 기준이 덧붙여 결정된다.

둘째, '대산세계문학총서'는 발굴하고 발견한다. 모르거나 잊힌 것을 발굴하여 문학의 두께를 두텁게 하고, 당대의 유행을 따라가기보다는 또한 단순히 미래를 예측하기보다는 차라리 인류의 미래를 공진화적으로 개방할 수 있는 작품을 발견하여 문학의 영역을 확장할 것을 목표로 한다. 이는 또한 공동선의 실현과 심미안의 집단적 수준의 진화에 맞추어 작품을 선별한다는 것을 뜻한다.

셋째, '대산세계문학총서'가 지구상의 그리고 고금의 모든 문학작품들에게 열려 있다면, 그리고 이 열림이 지금까지의 기술 그대로 그 고유성을 제대로 활성화시키는 방식으로 진행되는 것이라면, 이는 궁극적으로 '가장 지역적인 문학이 가장 세계적인 문학'이라는 이상적 호환성을 추구한다는 것을 가리킨다. 이는 또한 '대산세계문학총서'의 피드백에도 그대로 적용될 것이다. 즉 '대산세계문학총서'의 개개 작품들은 한국의 독자들에게 가장 고유한 방식으로 향유될 터이고, 그럴 때에 그 작품의 세계성이 가장 활발하게 현상되고 작용할 것이다.

이러한 기준들을 열린 자세와 꼼꼼한 태도로 섬세히 원용함으로써 우리는 '대산세계문학총서'가 그 발굴과 발견을 통해 세계문학의 영역을 두텁고 넓게 하는 과정 그 자체로서 한국 독자들의 문학적 안목과 감수성을 신장시키는 데 기여할 것을 기대하며, 재차 그러한 과정이 한국문학의 체내에 수혈되어 한국문학의 도약이 곧바로 세계문학의 진화로 이어지게끔 하기를 희망한다. 이는 우리가 '대산세계문학총서'를 21세기의 한국사회에서 수행하는 근본적인 소이이다. 독자들의 뜨거운 호응을 바라마지않는다.

'대산세계문학총서' 기획위원회

대산세계문학총서